Anna Herzig

DIE DRITTE HÄLFTE EINES LEBENS

Anna Herzig

DIE DRITTE HÄLFTE EINES LEBENS

Roman

OTTO MÜLLER VERLAG

Die Drucklegung dieses Buches wurde gefördert durch
die Kulturabteilungen des Landes Niederösterreich, der Stadt Wien
sowie Stadt und Land Salzburg.

www.omvs.at

ISBN 978-3-7013-1293-1

Satz: MEDIA DESIGN: RIZNER.AT
Druck und Bindung: Finidr s.r.o., Český Těšín
Umschlaggestaltung: Leopold Fellinger

In zärtlicher Erinnerung an das *Lucky Pub* in Waidhofen/Ybbs.

Der Ort Krimmwing sowie das *Grausame Weib* sind fiktiv. Ebenso die dortigen Begebenheiten, Geschehnisse und seine BewohnerInnen.

„*Die Quechua haben ein Rätsel:* El que me nombra, me rompe. *Wer mich benennt, der bricht mich. Die Lösung ist natürlich Schweigen. Aber in Wirklichkeit kann jeder, der deinen Namen kennt, dich brechen.*“
Carmen Maria Machado,
„Das Archiv der Träume“ (Tropen Verlag, 2021)

„*Einsam macht die Krankheit.*
Im Kopf und außerhalb.“
Andreas Moster,
„Kleine Paläste“ (Arche, 2021)

Alles könnte ich

Alles könnte ich erzählen. Über Krimmwing und die Menschen. Die Schmerzen, die sie einem zufügen. Dass es keinen Unterschied macht, was man gehört hat, was die Leute sagen oder wie sehr man sich bemüht.

Die Übung besteht darin, sich nicht in Nebensätzen zu verirren.

Was man gehört hat

Es sind die kleinen Verbrechen

Es sind die kleinen Verbrechen an der Seele, die die inneren Blutungen ausmachen.

Welche Linie muss er-funden, ver-messen und an-erkannt werden, die klar definiert: Wegen diesem, jenem und weil die Planetenkonstellation äußerst un-günstig war, hat sich der Steinlachner Sepp, einziger Sohn der ledigen Rosa Steinlachner, vor über zwanzig Jahren am Krimmwinger Kirschkernhügel aufgehängt. Seither hat es ein Dorf mehr in Österreich gegeben, das bewohnt war mit den freundlichen Geistern jener, die gern geholfen hätten, wenn sie nur gewusst hätten wie.

Es ist schwer, Vermutungen darüber anzustellen, weshalb sich der Sepp damals zu einer derart verzweifelten Tat genötigt sah. Vielleicht ist es möglich, sich anhand einer Rekonstruktion den wahrscheinlichsten Ereignissen anzunähern, ähnlich der Annäherung an eine zerrüttete Beziehung: mit intensiv-melancholischer Zerklüftung der Anfänge.

Der Hängende, der Unerwünschte und der Vertriebene. In gewissen österreichischen Gemeinden ist das oft ein und dieselbe Person.

Lorenz Karl Ignatius Rathbauer

Lorenz Karl Ignatius Rathbauer ist wenige Tage vor seinem zwölften Geburtstag eine Frau aus der Seele gewachsen.

Ein Glücksfall, eigentlich. Weil Frauen ihn seit jeher und alles zart-glühende im Besonderen honigtopfartig angezogen haben. Wenn er über Feminines in seinem Inneren stolpert, dann sieht er sich am ehesten als Braunbärchen mit einem regenbogenfarbenen Propellerhut. Mit der Pranke in die Süße, das Unbekannte, das Magische tauchen, um darin vollends zu verschwinden. Und dann, lange Zeit später – wenn sich die ersten Tauchgänge als erfolgreich erwiesen haben – als etwas anderes Magisches und Unbekanntes wieder emporsteigen.

Der Spiegel in seinem Zimmer zeigt ihm eine formbare Alternative, wenn er und der Spiegel gleichzeitig die Augen schließen. Langes, volles kastanienbraunes Haar, das man sich lachend über die Schulter werfen kann, so wie die Frauen in der Werbung. Der Spiegel zeigt ihm, wie er mit dem gestohlenen Make-up-Köfferchen aus dem Einkaufszentrum seine Lippen noch stärker zur Geltung bringen kann. Mit dem Körper außerhalb dieses Spiegels kann er nichts anfangen. Weder angezogen noch nackt. Die Worte, die er braucht, um zu beschreiben was er fühlt, lassen sich ohne Wanderlust nicht finden. Und dieser Junge hat bereits alles in seiner Reich- und Griffweite mit penibler Geduld und Konsequenz untersucht. Gefunden hat er nichts. Nicht unter Felsen und auf keinen noch so grünen Wiesen. An keinem Feldweg und erst recht nicht bei den Eltern. Er ist auf der Suche nach Geschwärztem.

Der Vater sagt:
– Leg die Bücher in die Ecke. Die bringen kein Essen auf den Tisch. Mach dich nützlich und hilf am Hof.
Die Mutter sagt:
– Such dir eine Frau und mach ein paar Kinder. Kochen soll sie können, hörst du. Bring mir keine Unfähige nach Hause.

Einen Verdacht, dass der El-Kah-Ih – wie er von seinen Mitschülern der Einfachheit halber genannt wird – anders ist als alles bekannt Andere, haben die Eltern nicht. Wie alle Verwundeten versteht er es, sich zu verstecken. Nachts liegt er wach, versucht, sich ein Leben außerhalb dieser Ortschaft vorzustellen und wünscht sich große Gefühle.

Seine erste, große Liebe: Claudia Cardinale. Die schönste aller Schönen. Das wundersamste Wunderwesen, das jemals auf dieser Erde gewandelt ist, dazu bestimmt, die Welt des

Lorenz Rathbauer aus Krimmwing für immer zu erhellen.

– Bitte nach Italien. Zu meiner Claudia, hat er zum Schulbusfahrer gesagt.

– Dummer Bub, hat der Busfahrer geantwortet, steig ein und setz dich gefälligst hin, sonst kannst du zu Fuß in die Schule gehen.

– Claudia, hat der Junge beharrt.

– Muss ich aufstehen?, fragt der Busfahrer und hebt drohend einen Finger.

– Frei sein. Das müssen Sie, antwortet der Junge.

Der Weninger hat seelenruhig den Motor abgestellt und sich umgesehen. Dabei hat er sich Zeit gelassen, als würde er den Geruch des Busses – ein Potpourri aus Schulranzen, zerdrückten Pausenbroten, Sommer und Winterschuhen, nasser Kleidung – zum Abschied noch ein letztes Mal in sich aufnehmen.

Er hat den El-Kah-Ih sanft beiseitegeschoben, ist aus dem Bus gestiegen und davongegangen. Vom Weninger Eduard hat man nie wieder etwas gehört. Zumindest nicht in Krimmwing. Wochenlang wurde etwas von abstrakten Dingen wie *Selbstverwirklichung* und *in Wien* und *völlig übergeschnappt* und es würde Zeit, dass *er sich wieder zusammenreißt und zurückkommt* et cetera geflüstert.

Die an diesem zweiundzwanzigsten Juni im Bus zurückgebliebenen Mitschüler haben gedacht: Der El-Kah-Ih, schon jetzt ein echter Mann.

– Ooooh, hat der El-Kah-Ih geantwortet, als man ihn Tage danach über seinen wegen der Bus-Sache erworbenen Ruhm unter den Schülern aufgeklärt hat.

– Ooooh, hat er geflüstert und die Gesichtszüge im richtigen Ausmaß angeordnet, wenn Schulfreunde in den Besitz eines expliziten Hochglanzheftes gekommen sind.

– Ooooh, hat er zugestimmt, wenn ebendiese Freunde lange, laut und ausgiebig darüber fabuliert haben, was sie mit jenen Damen in jenen Heften alles anstellen würden.

Und – Ooooh, hat er gesagt und betont selbstsicher gelacht, als man ihn gefragt hat, ob und wie viele Mädchen er schon gefingert habe.

Die Jungen haben sich untereinander erzählt: Der El-Kah-Ih, das ist ein wilder Hund. Dem sind Bart- und Beinhaare früher gewachsen als uns. Die Stimme mit vierzehn schon so tief, dass die Mädels reihenweise umfallen, wenn er nur in deren Richtung blinzelt.

Sein Penis, ein Kuriosum, das ihm nichts bedeutet. Sachte dagegengeschnippt, gezogen, beobachtet, abgewartet. Vielleicht würde sich das unliebsame Stück Fleisch lockern, wenn ihm nur die richtige Technik aus Ziehen und Schnippen gelänge. Während der gesamten

Pubertät und der einhergehenden Renitenz hat er sich im Schnippen, Ziehen und Taxieren geübt. Das unliebsame Stück Fleisch ist trotz aller Verwünschungen gewachsen und hat besonders aufgeregt auf Schnippen reagiert. Nicht einmal zum Verrichten für die Notdurft wollte er ihm Verwendung zukommen lassen, hat ihn lediglich mit rauem Klopapier berührt, um sich zu erleichtern. Die Folge waren Harnwegsinfekte, Bauchkrämpfe und Bettnässen. Zum fünfzehnten Geburtstag hat er sich Brüste und eine Vagina gewünscht. Diese Bitte in langsamen, klaren Worten an die Eltern herangetragen. Bekommen hat er einen Bluterguss auf der linken Wange und geprellte Rippen auf der rechten Seite, weil der Rathbauer Senior – überfordert mit dem Leben im Allgemeinen und den Veränderungen der Nachkriegszeit im Besonderen – mit der Empathie eines Traktors ausgerüstet war.

Die alte Rathbauerin, eine gänzlich in sich hineingefallene, fromme Frau mit Kopftuch, begleitet von einem ständig benutzten Stofftaschentuch in der einen oder anderen Hand, hat den Sohn mehrmals täglich sehr gebückt und sehr wimmernd vor den Sünden der Welt gewarnt. Drei Jahre später ist der Rathbauer Senior einundsiebzigjährig mitten auf dem Feld umgefallen und nicht mehr aufgestanden. Es war der vorhergegangene Geburtstagswunsch des spät ins Leben geholten Sohnes, der ihn bis in die Knochen erschüttert, letztendlich das Leben gekostet hat, so wird es erzählt.

An jenem Geburtstag, der seine Volljährigkeit eingeläutet hat, hat sich herausgestellt, dass sich diesem Dorf, seinen Mechanismen und der immer wiederkehrenden Monotonie zu ergeben, die einzige Gefahr für den jungen Bäuerinnen-Sohn darstellt.

– Wo willst denn hingehen, hat ihn die Mutter nach dem Abschluss einer wenig Möglichkeiten bietenden Ausbildung gefragt und mit zittrigen Fingern das Stofftaschentuch aus der Schürze gezogen.

Es hat dem El-Kah-Ih jahrelange, eiserne Selbstbeherrschung abverlangt, sie nachts nicht mit eben diesem Stofftaschentuch auf den Nasenlöchern und einer Hand über dem Mund zu ersticken.

– Nach Italien, hat er geantwortet, eine gepackte Tasche in jeder Hand.

Ein Rucksack im Vorzimmer, der mit jedem weiteren Wort der Mutter schwerer, belastender und schließlich untragbar geworden ist. Ein paar Jahre bleib ich noch, hat er gedacht und die Mutter war wieder froh. In Krimmwing gibt es viele von ihnen, jene, die ihre Kinder weder gern haben noch gehen lassen können. Und wer soll sich dann bitte noch auskennen bei all dem Hin und Her. Eines Tages wird vom El-Kah-Ih samt seinen Träumen nur mehr „der Rathbauer“ übrig bleiben und er, die Mutter bereits lange verstorben, noch immer in Krimmwing sein. Aber da ist noch lange hin. Für jetzt begnügt er sich damit, vor dem Spiegel zu stehen, langsam und mit unsicherer Hand zuerst beim rechten, dann beim linken Auge einen tiefschwarzen Lidstrich zu ziehen, den Mund zu einem O geformt. Die alte Rathbauerin hinter ihm stehend, sich im Spiegelbild offenbarend und bekreuzigend, ihr Stofftaschentuch faltend, faltend, immer weiter faltend.

Die einem zugeteilte Lebenszeit hat nur eine Aufgabe: zu rinnen, unaufhörlich. Die Störgeräusche um einen herum lassen unempfindlich werden für das, was wirklich wichtig ist. Und bis man das merkt, steht man bereits knietief im eigenen Lebenssand.

Durch das Fenster in seinem Zimmer

Durch das Fenster in seinem Zimmer beobachtet der El-Kah-Ih die Rosa. Nicht bei allem und nur bei vertretbaren Sachen. Die Art, wie sie sich an- und auskleidet hält sein Interesse nicht.

Eher, wie sie seitlich vor dem Spiegel steht, um sich die Haut einzucremen, die Haare lange und gewissenhaft zu bürsten und Kosmetika aufzutragen. Manchmal streichen ihre Finger behutsam über ein Frühlings- oder Sommerkleid, Blusen mit gestickten Blumen, eine Schürze, ihre Haarbürste.

Er weiß, dass sie weiß, dass er sie beobachtet. Einmal nämlich ist der El-Kah-Ih einer fast fünfminütigen Schockstarre erlegen, als er sich weg-, dann wieder hingedreht hat und ihn zwei große, blaue Augen vom gegenüberliegenden Bauernhaus an- und nicht mehr weggeschaut haben.

– Mir ist das egal. Aber wenn mein Papa dich erwischt, dann war es das mit dir, sagt sie und lächelt.
– Du sagst Dinge anders, sagt der Rathbauer.
– Was meinst?
– Als wär das, was du sagst, nicht gefährlich.
– Ich red immer so.
– Du bist schön.
– Ich hab einen Freund.
– Den Jackson.
– Woher weißt du das?
– Alle wissen alles, antwortet der El-Kah-Ih und blickt zu Boden.
– Also willst du nichts von mir?
– Nur schauen.

– Das ist komisch.
– Aber gut, richtig?
– Ich weiß nicht. Aber ich schätze schon. Vielleicht können wir Freunde sein. Wenn …
– Wenn?
– Du mich nicht angreifen willst.
– Will ich nicht.
– Wie kannst du da sicher sein?
– Ich will niemanden angreifen. In der Küche steht ein frischer Kaiserschmarrn von der Mama. Du schaust aus, als ob du Hunger hättest. Und dein Bauch auch.
– Okay.
– Okay?
– Okay, antwortet die Rosa und hakt sich in den Arm und das Leben des Lorenz Karl Ignatius Rathbauer ein.

Im darauffolgenden Herbst war

Im darauffolgenden Herbst war es so weit. Der Bauch von der Rosa ist gewachsen und gewachsen und dann sogar noch ein Stück weiter gewachsen. Der Watschelgang hat eingesetzt, der – kombiniert mit der nach außen gewölbten, prallen Kugel – ganz klar Auskunft gibt über eine baldige Niederkunft. Krimmwing, vor fünf Jahren prämiert als lebenswerteste

Gemeinde Österreichs – wegen der guten Luft und der guten Berge und der exzellenten Wasserqualität –, hat sich trotz Unübersehbarem eine offizielle Verlautbarung von der Familie Steinlachner erwartet. Im Rahmen von Zusammenkünften der Gemeindemitglieder zum Beispiel. Eine Hofeinladung mit Most, Sturm und Speckbroten hätte niemand ausgeschlagen. Man hat versucht, näheres herauszufinden, über die Um- und Zustände von der Rosa. Also hat man den jungen Rathbauer traktiert, der sich gelegentlich auf ein Kartenspiel zu den anderen gesetzt hat:

– Jetzt erzähl, sagt einer.

– Wenn du der Kindsvater bist, kannst es ruhig zugeben, sagt ein anderer.

– Fesches Mädl, die Rosa. Wir würden's alle verstehen, pflichtet ein weiterer bei.

– Seid's mir nicht böse, aber das geht euch nichts an.

– Und wenn doch?

– Aber wenn nicht?

– Stehst leicht nicht auf Weiber?, mischt sich der Schuster Anton ein.

Wenn der Rathbauer den Anton anschaut, was er meist vermeidet, weil an dessen Mund viele, gemeinsame Erinnerungsfunken kleben, durchströmt ihn ein buntes Gefühl. Eines, das zu seinem Braunbärchen-Propellerhut-Dasein gut passen würde. Wenn sich die Nacht über Krimmwing legt, wird der Anton zärtlich und zahm. Sanft und großzügig, leidenschaftlich und ein Krug voller Versprechen, der sich dreimal wöchentlich in seinen Körper ergießt.

Egal in welcher Zeit man lebt, es gibt immer ein gewisses Grundgespür dafür, was von der Gesellschaft toleriert wird und was nicht. Das diverseste, was Krimmwing je zu Gesicht bekommen hat, war die aneinandergereihte Platzierung von verschiedenem Obst und Gemüse am Krimmwinger Wochenmarkt. Und der Rathbauer hat gewusst, dass er den Anton früher oder später an eine Frau aus dem Dorf verlieren wird.

– Lass gut sein, Anton, antwortet der Rathbauer ohne ihn anzuschauen, und dann tut der – zum großen Erstaunen seiner Freunde – genau das.

Die Rosa hat einige Tage

Die Rosa hat einige Tage zuvor versucht, sich in Kreativität zu üben, damit

– Wir, also der Jackson und ich, uns ein bisschen Zeit erkaufen können. Lorenz, bitte.

– Glaubst du, alle sind deppert? Der Jackson folgt dir rund um die Uhr. Und du ihm.

– Aber vielleicht, es könnte ja sein.

– Was?
– Dass ich mich heimlich für dich entschieden hab und jetzt von dir ein Kind krieg und es dem Jackson nur noch nicht gesagt hab.
– Rosa, ich mach alles für dich. Aber dieses Kind hat ein Recht auf seine Wahrheit.
– Ich weiß.
– Was tun wir, wenn er ausschaut wie der Jackson.
– Muss nicht sein.
– Stimmt. Aber was, wenn doch?
– Kannst du mich jetzt einfach nur halten?
– Okay.
– Eigentlich ist es schade, dass nur einmal im Jahr Sommer ist. Die Menschen sind netter im Sommer, sagt die Rosa nach einer Weile.

Darauf weiß der El-Kah-Ih nichts zu erwidern. Er denkt an seine Claudia, dann an die Rosa und überlegt, wie er aussehen würde als Frau. Ob er frei wäre und was die Leute dann sagen würden.

Nicht die erste, aber die eindringlichste

Nicht die erste, aber die eindringlichste Ohrfeige, die die Tochter vom Vater in Empfang genommen hat, hat ein Echo durch ganz Krimmwing gestreut und wieder zurück.

Die Eltern von der Rosa haben sich lange beraten.

Wie man vorgehen müsse, um der Schmach zu entgehen. Oder diese wenigstens zu mildern. Der Rosa war klar, wenn der Vater ruft, mit der Vaterstimme, dann gibt es keinen Spielraum. Nur mehr: das Ertragen, das Sich-Verschließen vor den Messerstichen.

Eine stumme Mutter mit lila-gelblichen Flecken unter dem Hauskleid. Ein Ehemann nach dem Vorbild ihres eigenen Vaters. Und dessen Vater und dem davor.

– Ihr kommt's jetzt beide her, hat der Josef Steinlachner an einem Freitagabend Anfang Dezember gesagt, gerade als die Rosa und der Jackson bei der Türe hinauswollten.

– Du hast versprochen, dass du ihm eine Anstellung auf unserem Hof gibst, hat die Tochter den Herrn Vater adressiert und ihre Finger in denen ihres Freundes verhakt.

– Ihr könnt nicht einfach so davonlaufen, sagt die Mutter, was soll denn aus euch werden?

– Mama. Wehr dich. Nur ein Mal.

– Pass auf, wie du mit der Mutti sprichst, geht der Vater dazwischen, so alt kannst du nämlich gar nicht werden, dass ich dir keine runterhau.

– Ich hab dich fünf Monate lang angebettelt, uns zu helfen, und du bist direkt zu ihm gegangen, hast alles erzählt.

– Ihr könnt das nicht, erwidert die Mutter schniefend, sich stützend auf einen Holzstuhl.

– Mein Leben geht niemanden etwas an und dieses scheiß Dorf schon gar nicht.

– Still bist, Rotzdirndl. Wegen dir und – er funkelt den Jackson an – dem sind wir überhaupt erst in dieser Lage. Hätt euch nicht umgebracht, mit dem katzerln zu warten, bis ihr verheiratet seid. Und jetzt stehen wir da mit der Schande. Hoffnungen haben wir an dich gehabt, Kind. Alles hättest du haben können.

Rosa sieht zu Jackson. Wie er Wort für Wort aufnimmt und dabei keine Miene verzieht. Er versteht das meiste, kann auf Deutsch allerdings kaum etwas erwidern.

– Family is the most important thing, you know.

– Ich weiß das. Du weißt das und meine Eltern wissen das. Genau das ist das Problem.

– They are racist.

– Nein. They are afraid.

– Of what?

– The villagers.

– You will have to make a choice, Rosa. For you and our baby.

– In meinem Haus wird Deutsch geredet, fuchsteufelnocheinmal!

– Beruhig dich, Josef. Ich bitt dich, sagt die Mutter und legt ihm beschwichtigend eine Hand auf die Schulter.

– Du bist sechzehn. Weißt du, was das heißt?
– Ja, Papa.
– Reiz mich nicht mit deinem Ja, Papa. Wir werden es so sagen: Er hat dich geschwängert und dann sitzen gelassen. Oder du gehst mit ihm. Dann kannst du dir was wünschen, minderjährig, arm und mit einem arbeitslosen Kindsvater, irgendwo im Busch. Und eins schwör ich dir: Wenn dich die Polizei zurückbringt, nehm ich dich nicht mehr. Das ganze Dorf wird dich nicht mehr zurücknehmen. Was die Leut jetzt schon hinter unserem Rücken reden. Was wir Tag für Tag ertragen. Wegen dir.
– Du bringst mein Glück um, hat die Rosa gesagt und ab diesem Zeitpunkt nur mehr ihre gefalteten Hände auf dem Tisch angeschaut.
– Promise me, if it's a boy, you will name him Peter, like my grandfather.
– Heißen wird er Josef, wie ich, da kannst dir sicher sein. So viel Englisch versteh ich grad noch, und jetzt schleich dich. Meine Tochter hat nichts zu entscheiden.
– Please, Jack. Please. Can you stay?
Ein Wimmern, keine eigentlichen Worte mehr.
– Take me with you, please?
– Baby, I can't. They will send the police after me. Us.
– Du solltest gehen, Jackson. Das ist das Beste für alle, sagt die Mutter, den Blick auf ihre

Hausschuhe und die krummen Zehen darin geheftet.

Der Jackson ist aufgestanden, hat dem alten Steinlachner in die Augen geschaut und gesagt:

– Aufwiedersehen, Sir. I love your daughter, but I cannot take this shit anymore.

Die Eltern haben sich hinter die sitzende Tochter gestellt. Zu dritt haben sie dem Jackson durch das Küchenfenster nachgesehen, als er vom Hof gegangen ist, bis seine Umrisse weniger geworden und schließlich gänzlich von der Schnee-Landschaft verschluckt worden sind.

Zum damaligen Zeitpunkt hätte nicht mit Sicherheit gesagt werden können, ob der Jackson nicht einfach von Krimmwing gefressen wurde und nie in Südafrika angekommen ist. Manchmal passiert genau das, wenn man versucht, sich diesem Dorf zu entziehen.

Wie oft der alte Steinlachner

Wie oft der alte Steinlachner seine Tochter mit Bauch, Koffer und aus den verschiedenen im Haus stehenden Rumtöpfen der Eltern gestohlenen Tausend-Schilling-Scheinen noch rechtzeitig am Bahnhof abgefangen hat, daran kann sich keiner mehr erinnern.

Immer derselbe Dialog auf dem Bahnhofsparkplatz. Die Rosa hält sich den Bauch, der klobig-braune Koffer rechts neben ihr. Die Augen verquollen und die Wangen gerötet.

Der Vater bietet an:

– Steig ein.
– Nein.
– Steig ein.
– Nein.
– Willst deinem Kind nicht was Besseres bieten als eine wackelige Zukunft?

Es hat sich etwas verschoben bei ihr. Irgendwo zwischen Herz und Seele. Dann hat sie beschlossen: Gefühle tausche ich ein gegen Stärke. Und als die schwangere Tochter so stark war, wie sie nur sein konnte, ist das Kind auf die Welt gekommen. Die Stärke hat nicht mehr viel erlaubt. Im Gegensatz zum Jackson, hat die Stärke sie wenigstens nie verlassen oder gar verraten.

Und dann. War er plötzlich da.

Der Vorgang der Geburt selbst eine Abfolge von gezischten Worten des weiblichen Krankenhauspersonals: Stell-dich-nicht-so-an, Zum-vögeln-alt-genug-aber-bei-den-Schmerzen-hört-der-Spaß-auf-stimmt's, So-schlimm-kann's-schon-nicht-sein, Augen-zu-und-durch und Hausverstand-zum-Stillen-benutzen-würd-nicht-schaden.

Jedes Mal, wenn man ihr den Säugling in die Arme geben und an die Brust legen wollte, ist die Rosa in ein konsequentes Kopfschütteln verfallen, das erst wieder aufgehört hat, wenn man sie von dem Gewicht in ihren Armen befreit hat. Und das Baby: Es hat geschrien, geschrien und noch ein Stück mehr geschrien. Als könne es nicht glauben, dass man ihm das natürlichste verwehrt. Der Rathbauer ist sie jeden Tag besuchen gekommen. Die Steinlachner-Tochter hat den Rathbauer machen lassen, stumm und mit abwesendem Blick. Er hat sich um das Kind gekümmert, das zusammen mit ihrem eigenen Kind im Kinderzimmer der Eltern gewohnt hat.

– Rosa, ich will dir helfen, hat der Rathbauer gesagt.
– Ich brauch keine Hilfe.
– Lass uns heiraten.
– Nein.
– Aber es wäre ein Weg hinaus aus all dem.
– Ich lieb dich nicht.
– Ich dich auch nicht. Aber: Wir können einander helfen.
– Wie?
– Kannst du ein Geheimnis für dich behalten?
– Ja.
– Sicher?
– Ja.

– Es darf niemand erfahren.
– Sag schon.
– Nimm den Seppi und komm mit.

Das war der Tag, an dem der Rathbauer die Rosa in sein buntes Braunbärchenleben eingeweiht hat und sie, die junge Mutter, plötzlich erfüllt war von Neid, der sich wie ein Dämon an ihrer Wirbelsäule entlanggekrallt und tief in ihrem Kopf vergraben hat.

Die Steinlachner-Eltern, die Wastinger-Großeltern und das gesamte Dorf haben wohlwollend dabei zugesehen, wie die Rosa und der Lorenz mehr, immer mehr Zeit miteinander verbracht haben. Und für eine Weile schien alles darauf hinzudeuten, dass Krimmwing bereit war, zu vergessen.

Der kleine Seppi soll nicht

Der kleine Seppi soll nicht stehlen. Aber er stiehlt alles.

Hauptsächlich Sachen, die verpackt sind. In Einkaufshäusern zur Weihnachtszeit zum Beispiel. Da gibt es künstliche Weihnachtsbäume, bedeckt mit noch künstlicherem Sprühschnee, an denen kleine, quadratische Styroporwürfel hängen, verpackt in wunderschön glänzendem Geschenkpapier. Damit macht sich der kleine

Seppi die dunkelblauen Latzhosentaschen voll. Die Kunst des Stehlens ist an einen delikaten, schrittweise stattfindenden Lernfortschritt gebunden. Es können Objekte sein, die ihn faszinieren, aber ebenso Geld. Farben und Formen der Münzen und Scheine ziehen ihn an wie funkelnde Diamanten. Im Sommer hat der Seppi einen Fünfhundert-Schilling-Schein aus der Geldbörse der Mutter genommen, in die Brusttasche seiner blauen Latzhose gesteckt und ist barfuß quer durch die Wiese, über die Straße bis zur Tankstelle marschiert und hat:

– Grüß Gott.

– Grüß Gott, ich kaufe Sachen, gesagt.

Man muss sich wie ein Erwachsener verhalten, wenn man etwas kaufen will, damit niemand merkt, dass man ein Kind ist. Der Tankstellenwart hat ihn beobachtet. Das geschäftige Persönchen hat sich nicht aus der Ruhe bringen lassen. Nach einiger Zeit hat der Tankstellenwart hinten vom Büro aus seine Mutter angerufen, mit der er jeden Freitagabend im Wirtshaus *Zum Grausamen Weib* Dart spielt.

– Du schaust jetzt auf der Stelle, dass du nach Hause zur Mama kommst und das Geld zurückbringst, du kleiner Dreck.

Der Seppi, zuerst erschrocken durch die laute Stimme des Tankwartes, der plötzlich aus dem

Büro geschossen ist, lässt alle Süßigkeiten auf den Boden fallen, stemmt die Hände in die Hüften und schreit:

– Und du, du sagst mir gar nix. Du bist nicht meine Mama!

Der Tankstellenwart erwischt ihn am Ohrläppchen und zieht ihn mit Daumen und Zeigefinger bis vor den Eingang. Eine Prozedur, die der kleine Seppi von den Nonnen kennt. Die dürfen alles. Und die Eltern, die schauen in die andere Richtung, als würden von dort ganz laute Geräusche kommen. Geräusche, die so laut sind, dass sie ihre eigenen Kinder nicht mehr weinen hören können.

Fünfzigmal hat das siebenjährige Kind vor versammelter Gemeinde zu Beginn der Ostermesse in der Kirche laut

– Ich bin ein schlechtes Kind, ich habe gestohlen!

aufsagen müssen.

Noch Monate danach ist er von Krimmwing, seinen Henkern und Richtern mit herabwürdigenden Blicken bedacht worden. Ein Dorf wie jedes andere, das nichts und niemanden vergisst.

Zum Geburtstag hat der Seppi seine Lieblingstorte von der Mutter bekommen – der Rathbauer hat die tiefgekühlte Leckerei sogar persönlich vorbeigebracht – und wirklich sehr fest gepustet. Er hofft, dass er wegen des gestohlenen Geldes nicht in die Hölle kommt, sicher ist er sich nicht. In der katholischen Privatschule muss er beten. Morgens, mittags und zu Hause abends. Manchmal tun ihm die Knie weh. Die Hüfte. Und die Mittelknochen der Finger.

– Zu dick, sagt die Mutter beim Mittagessen, fortwährend derselbe Sermon aus ihrem Mund, während der Seppi genüsslich an seinem Sonntags-Schnitzel kaut.

Er denkt sich zu der halbgegessenen Torte unter seinem Bett. Wenn der kleine Sepp erwachsen ist, wird er die Erfinderin der Krimmwinger Festtagstorte finden und sie zwingen, ihn zu heiraten. Wenn sie sich widersetzt oder unwillig ist, die genötigte Ehefrau, wird er sie zwicken und beißen. Er rutscht von der Eckbank und huscht ins Zimmer.

– Es wird erst vom Tisch aufgestanden, JOSEF, schreit sie ihm nach, es wird erst vom Tisch aufgestanden, wenn alle mit dem Essen fertig sind!

Alle, das sind er und die Mutter. Die selten isst und dafür die meisten Mahlzeiten durch Zigaretten ersetzt, während das Kind eingenebelt von Rauch sein Essen zu sich nimmt.

Er hat die Torte hervorgeholt – ein wenig Staub hat sich über die Sahnehäubchen gelegt – und hält sie mit beiden Händen fest umklammert wie einen Preis vom Kirchtag.

– Du legst das sofort auf den Boden, sagt die Mutter, und unausgesprochen fügt sie hinzu: Sonst hau ich dir den Hintern aus.

Er hält den Augenkontakt. Breitbeinig steht er da, wie ein Cowboy bei einem Duell. Mit seiner kleinen, pummeligen Hand schiebt er sein T-Shirt – das an den Oberarmen und dem Bauch sichtbar spannt – bis zum Kinn hoch.

– Wag es nicht, sagt die Mutter.

Mit einem Mal hat er das große, weiche Tortenstück auf seinen nackten Bauch geklatscht und genüsslich verrieben. Es fällt in kleinen und größeren Stücken auf das Parkett. Nachdem die Mutter aus dem Zimmer marschiert ist, die Türe zugeknallt und abgesperrt hat, widmet er sich in aller Ruhe den Resten auf dem Boden. Das Kind steigt mit den Füßen hinein, isst Sahne und Dessertkirschen von den kleinen Zehen, die abwechselnd in gelb, blau und grün lackiert sind.

Nachdem ihm schlecht und er sicher ist, nie wieder, das heißt, nie und nimmer in seinem ganzen, weiten Leben Süßes essen zu können, sieht er zu dem großen Teddybären neben seinem Bett, dem bereits ein Auge fehlt, und sagt:

– Und du, du sagst mir gar nix. Blöde Sau.

Freundschaften sollten im

Freundschaften sollten im Besonderen dann von beruhigender Dauer sein, wenn sie damit beginnen, dass man sich auf die nackten Kleinkind-Baucherl klopft, Indianerschreie ausstößt und einander über die Felder jagt, die Münder rot und klebrig von Kirschsaft. Suchen nach Ostereiern und Schokolade, die Eltern anbetteln um Brathähnchen und Langos mit Knoblauch am Kirchtag, Zuckerwatte danach, weil immer unbedingt Zuckerwatte danach, übergeben auf dem Karussell eine Unausweichlichkeit. Dazwischen: endlose, nach Wiesen, Freibad, Wassermelone und Brotjause duftende Kindersommer. Rauf und runter mit glänzend neuen Fahrrädern auf den Krimmwinger Kirschkernhügel zum Apfelbaum. Im Winter: Abhänge runterrodeln durch knisternden, halbmeterhohen Pulverschnee, am Ofen aufgekochte, schaumige Milch mit Honig und Zimt von den Großmüttern. Kekse, Kekse, Kekse. Gehen mit der Laterne. Warten auf das Christkind. Bleigießen und daraus deuten. Fischschwänzchen abbeißen. Warten auf die Feuerwerke um Mitternacht, und alles verschlafen. Dann, im neuen Jahr, wieder alles von vorne.

Auf dem Weg zur Schule und zurück

Auf dem Weg zur Schule und zurück hat man ihnen den Weg versperrt. Warum ist der so braun, der Sepp, wollten sie wissen, was macht ihn denn so besonders? Komm in unsere Gang, dann bist du nie allein. Der Seppi, dem läuft sogar der eigene Vater davon, weil er sich schämt.

– Missgeburt.

– Zigeuner.

– Negerkind.

Interessant an fliegenden Steinen ist, dass sie nicht urteilen. Man muss sich für sie weder verstellen noch bemühen, ihnen nicht gefällig sein.

Der Frido hat früh eine Entscheidung getroffen. Das hat ihn bereits im zarten Alter von neun Jahren zu einem Außenseiter gemacht und den Steinlachner Seppi zu einem noch interessanteren Ziel für alle möglichen Grausamkeiten. Dem kleinen Wastinger war es egal, wer oder was andere Farben und Formen als er selbst gehabt hat. Dieses leuchtende Bündel Menschlichkeit hat alles und jeden liebgehabt. Bis hinunter zu Spinnen, Staubmilben und Teppichflusen. Der Großmutter war es nicht recht, wenn der Frido auf dem Küchenboden gesessen ist, hoch konzentriert die Fäden vom bunten Fleckerlteppich aufgetrennt und zwischen den Fingerspitzen hin- und hergezwirbelt hat. Beim Streicheln von eben diesen – Fingerspitzen oder Teppichfäden – lernt man das Verschmelzen mit der Gegenwart, das Ausklinken aus dem da draußen und das Eintauchen in alles hier drinnen.

Der Wastinger-Großvater hat zu jeder Jahreszeit Geschichten erzählt, keine Kriegs-, sondern fantastische. Willkommene Abwechslung für die Großmutter, die für Mahlzeiten aus großen, dampfenden Töpfen, Mehlspeisen, das Aufkleben von Trostpflastern und das Bringen von extra Decken und Daunenpolstern für den Übernachtungsgast zuständig. Im Unterschied zum Seppi hat der Frido liebevolle Eltern gehabt. Leider sind die während des Schifahrens im tiefsten Salzburger Land verschwunden und nicht mehr aufgefunden worden.

– Vermisst du deinen Vater?, hat der Frido seinen Freund einmal gefragt.

– Nein, hat der Seppi geantwortet und den kleinen Schmerz noch tiefer in sich hineingestopft.

Wenn das Kind schläft, sieht die Mutter

Wenn das Kind schläft, sieht die Mutter im schweren, verstaubten Atlas ihres Vaters nach, wie weit Johannesburg entfernt liegt. Versucht, sich mit den Distanzen zwischen ihrem Hier und seinem Dort vertraut zu machen. Sieben Jahre und einen Monat ist es her, seit Jackson sie verlassen hat.

Sie hat sich vom Rathbauer mehrere tausend Schilling geborgt, um nach Wien zu fahren und von dort weiter mit dem Flugzeug zum Jackson. Der allerdings vor einigen Tagen kurz angebunden und unterkühlt deutlich gemacht hat, dass er müde vom Warten gewesen sei, jemanden kennengelernt, sogar geheiratet habe und sie, Rosa, mit der Entscheidung, die sie vor einigen Jahren getroffen habe, leben solle. Wenn der Junge ihn eines Tages kennenlernen wolle, ließe sich das machen.

Sie schreibt die erste, eine zweite und dann die dritte Version eines Briefes, der erklären soll, statt ihr. Weshalb sie nicht in Krimmwing bleiben, den kleinen Sohn ebenso wenig mitnehmen kann. Dass es ihm bei der Großmutter viel besser gehen würde und sie, die Mutter, eigentlich nie eine Zurückgelassene sein wollte. All das nie so geplant war.

Wenn sie ihren Sohn nachts beim Schlafen beobachtet, dann verwandelt sie sich in eine Tigerin auf der Lauer. An den Türrahmen gelehnt, die Atmung auf das Notwendigste reduziert und das Haus totenstill, versucht sie herauszufinden, ob ihr Junges nach Fäulnis und Krankheit riecht, um es bei den ersten Anzeichen schnell und schmerzlos zu erlösen.

An jedem Wochenende

An jedem Wochenende liegt das Kind im Bett und zählt seine Zehen, begutachtet die Farben seiner Nägel, die ihm die Mutter an Tagen lackiert, an denen das Lachen sie besucht und einige Stunden bleibt. Unter Kinderfüßen findet sich das ganze Leben.

Was der kleine Seppi nicht verstehen kann: Warum seine Mama und sein Papa nicht zusammenleben. Verschwunden ist der Jackson, von einem Tag auf den anderen. Man spricht nicht über den Vater, so wie man nicht über Geld spricht. Dem Kind sieht man seine Fragen nach. Aber nicht immer.

– Du hast die Mama, die Oma und ein warmes Bett. Das reicht. Viele andere Kinder haben nicht einmal das.

Der Seppi würde sie gerne kennenlernen, diese anderen Kinder. Hin und her tauschen, woran es den einen mangelt und den anderen im Überfluss gegeben wurde. Wenn es darum geht, Spielgefährten zu finden, scheint Krimmwing mit einem Schlag nur mehr aus Erwachsenen zu bestehen.

Die Mutter ist wütend. Müde. Häufig beides, das ganze Jahr hindurch.

– Ich bin erschöpft, sagt sie oft, obwohl sie nicht arbeiten geht oder
– Ich bin traurig, und sie sagt auch:
– Geh in dein Zimmer spielen und
– Hör auf zu reden, mir tut das im Kopf weh und
– Wenn du nicht brav bist, kommt der Jackson und nimmt dich mit nach Afrika zu den Wilden.

Der kleine Seppi soll nicht spüren, aber er spürt alles.

Manchmal, da sagt einer

Manchmal, da sagt einer ganz zärtlich:

– Seppi, ich hau dich gleich.
– Wieso denn?
– Du musst das feierlich sagen und darfst nicht lachen, sagt der Frido und hebt mahnend einen Kinderfinger in die Höhe, der wie eine betrunkene Antenne durch die Luft kreist.
– Was ist freilich?, fragt der Sepp wackelnd, sich um einen festen Stand auf dem kleinen Holzstuhl bemühend. Ein Ritualpodest, sozusagen.
– Feierlich. Etwas, das wichtig ist, antwortet der Frido.

– In meinem Bauch wohnt eine ganze Welt und das Lachen.
– Und das Lachen, was?
– Na, das wohnt dort drin. Meine Fanny-Oma sagt das.
– Okay.
– Dort, sagt der Steinlachner Seppi weltmännisch und klopft sich mit dem Zeigefinger irgendwo zwischen Magen und Galle das Lachen aus dem Oberkörper.
– Tu weiter, sagt der Frido und zappelt – weil er bereits dringend loslassen muss, was losgelassen werden will – von einem Bein aufs andere. Der Seppi stemmt also feierlich die Hände in die Hüften und schwört mit stolz geschwellter Brust:
– Nie werd ich meinen besten
– Und liebsten, beharrt der Frido.
– Nie werd ich meinen besten und liebsten Freund
– Und den cleversten.
– Was noch?
– Den besten Radfahrer und Schwimmer.
– Aber das ist eine Lüge.
– Na und?
– Lügner, Lügner, Funken-Sprüher.
– Mach schon.
– Nie werd ich meinen besten, liebsten Schwimmer- und cleversten Radfahrerfreund namens Fridolin Wastinger jemals vergessen.

– Oder allein lassen.
– Genau. Und allein lassen.
– Und das Pfandgeld von den eingesammelten Coca-Cola-Flaschen im Schwimmbad teilen.
– Aber warum?
– Weil ich dein bester Freund bin.
– Und das Pfandgeld werd ich auch teilen. Fertig?
– Ja.
– Und jetzt?
– Torte, sagt der Frido, zieht mit einem Ruck das Geschirrtuch von der Krimmwinger Festtagstorte und reißt dabei fast den ganzen Belag mit.
– Boah, sagt der Seppi.
– Bärenstark.
– So viel Torte.
– Gleichzeitig, sagt der Frido und beide heben die rechte Hand.
– Los!, rufen die Buben.

Binnen weniger Sekunden sind Hände, Gesichter und die Kleidung voller Kuchen, Sahne, Gummibärchen und Milchschnittencreme. Nachdem der erste Hunger gestillt ist, geht der Frido hinter den Hühnerstall, pinkelt sich den langen Sommertag und die Schmerzen eines Bienenstiches aus der dreckigen Fußsohle raus, kommt zurück und fragt:
– Hat dir der Jackson was zum Geburtstag geschickt?

– Ich weiß nicht, sagt der Seppi, am Bauch in der Wiese liegend und an einer Pusteblume pustend, die sich partout nicht zur Gänze pusten lassen will.
– Hast du was bekommen oder nicht?
– Die Post hat Verspätung, hat die Mama gesagt.

Der Jackson, das ist ein Schatten, lauernd in seinem Blut, schwebend über dem Kopf der Mutter.

– Glaubst, kommt noch was?, fragt der Frido, legt sich dazu und hilft beim Pusten.

Irgendwo hört man einen Hund bellen, und die Luft, die Luft. Sie riecht, wie Land und Leben schon immer gerochen haben. Wie eben alles riecht, wenn man Kind ist mit den Augen, der Seele und dem Bauchgefühl. Sich die Ewigkeit vor einem ausbreitet und der Tod keine vorstellbare Möglichkeit ist.

– Dort, wo der Jackson wohnt, das ist so weit weg, hat die Mama gesagt, und manchmal, da verliert die Post die Geburtstagsgeschenke.
– Johannesburg hört sich aber nicht weit weg an.
– Es hört sich an wie
– Lints.
– Genau. Oder Wien.
– Wenn ich groß bin, wohn ich in Wien.
– Und in Lints.

– Dann geh ich jeden Tag nach Schönbrunn, Tiere schauen, und dann in den Prater und dann schwimmen.
– Darf ich bei dir wohnen?, fragt der Frido nach einer Weile.
– Wir sind Piraten in Wien und Cowboys in Lints.
– Nur du und ich?
– Dann sagt uns keiner mehr was, antwortet der Seppi und verschlingt das letzte Stück Torte.

Nichts scheint zuweilen zärtlicher als der dichte Nebel der Unwissenheit. Dem Erwachsenen kann es allerdings passieren, dass er daran zugrundegeht, weil einem keiner mehr irgendetwas sagt. Das Kind kümmert all das nicht. Sollen sie doch bleiben, wo der Pfeffer wächst, das Leid der Welt ist den Erwachsenen vorbehalten. Das Kind steckt sich lieber zwei grüne Gummibärchen in die Nase.
– Wer bin ich?, fragt der Seppi.

Eine ausgezeichnete Frage, eigentlich. Eine jener, die an gewissen Abenden oder frühen Stunden eines neuen Tages selbst die stärksten Individuen beim konfrontierenden Blick in den Spiegel erstarren lässt. Wenn sich die Seele an den Augen des Spiegelbildes festkrallt, beginnt das innere Unglück.
– Der Rathbauer!, ruft der Frido und dem Steinlachner Sepp schießt es vor lauter Lachen die Gummibärchen aus der Nase.

– Wo hast die Torte her?, fragt der Seppi.
– Gefunden, antwortet der Frido und wird schneeweiß im Gesicht.

Der Wahrheitsgehalt dieser Aussage wird im Erscheinen vom Lorenz Rathbauer neu evaluiert, der just in diesem Moment mit einem langstieligen Besen und circa zweihundert km/h in kuhdüngerfarbenen Sandalen angerannt kommt, eine ERNTE-Zigarette im rechten Mundwinkel. Der Rathbauer, bereits mit Ende zwanzig von der harten Arbeit am Land zu ungesundem Ernst und einer krummen Haltung verdammt.

– Wo hast denn eigentlich die Torte her?, fragt der Rathbauer.
– Gefunden, antwortet der Frido, und seine kurze, beige Hose verfärbt sich dunkel.
– Komisch, sagt der Rathauer, wirklich komisch.
– Warum?, plärrt der Seppi, wir haben gar nix gemacht!
– Dann soll mir der Frido ganz genau erklären, wie ihr zu dieser Torte kommt. Drei, zwei, eins, los!

Der Frido hat die Krimmwinger Festtagstorte barfuß eineinhalb Kilometer zum Hof der Großeltern getragen, nachdem er sie dem Rathbauer unter einer List aus dem Lager vom Grün & Knusprig entwendet hat. Währenddessen kurze Pausen, um sich auf die Verpackung zu setzen, damit sie schneller auftaut. Maikäfer zählen und damit nicht fertig werden, denn es sind so viele.

Die verschwundene Torte wird dem Rathbauer vom Lohn abgezogen werden, egal mit welcher Erklärung er dem Lagerleiter gegenübertritt. Die paar Schilling, denkt er, soll der kleine Wastinger doch seine Freude haben. Der Rathbauer wird den Jungen erschrecken, mit dem Besen, ihm damit vielleicht einen kleinen Klaps auf den Hintern geben und sagen: Bub, die Torte, lass sie dir schmecken, Kind sein darf man nur einmal im Leben.

– Das habt ihr euch ja fein ausgedacht, hat der Rathbauer gesagt, den Besen von seiner Schulter genommen und sich mit den Handflächen daraufgestützt.

– Und du, du sagst mir gar nix, blöde Sau!, schreit der Seppi und stellt sich schützend vor den Frido.

Dem folgt ein fünfminütiger In-die-Augenstarr-Wettbewerb zwischen dem kleinen Mutigen und dem großen Fassungslosen, während sich der Frido – danebenstehend – fast ein zweites Mal einnässt.

– Hab ich euch was getan?, fragt der Rathbauer.

– Du frisst Kinder, sagt der Seppi.

– Wer erzählt so was?

– Die Leut, antwortet der Frido.

– Interessant.
– Und dann machst du ihnen ein Wandmal mit deinem Besen, fügt der Seppi hinzu.
– Brandmal, meinst.
Beide Buben nicken. Der Fridolin Wastinger und der Steinlachner Sepp werden am Ende dieses Tages in ihren Betten liegen und versuchen, sich vorzustellen, wie das Zuhause vom Rathbauer ausschaut, während die Kindermägen vehemente, aufgekratzte Übelkeit bereiten von eineinhalb Kilo Festtagstorte.

Wenn der Seppi träumt

Wenn der Seppi träumt, dann immer vom Tod.
Der kleine Schmerz ist sein Begleiter, wie ein Stofftier, das immer und überall hin mitgezerrt wird. Der kleine Schmerz ist allgegenwärtig und füllt bereits jetzt, in diesem zarten Alter, sein gesamtes Wesen aus.
Wenn der Seppi träumt, dann niemals von der Freude am Leben.
Der kleine Schmerz kommt in Wellen, in unerträglichen. Dann hackt der Sepp sein Zimmer und die Second-Hand-Spielsachen kurz und klein. Stofftierköpfe werden abgerissen, Arme und Beine verbogen, feste, unnachgiebige Tritte ins Legohaus. Wenn er zerstören kann, lindert

das den Zorn. Manchmal hat der kleine Sepp diesen Drang, den vollen Aschenbecher der Mutter zu nehmen und diesen auf seinem schmalen Kinderbett auszuleeren, um ihn sich danach in Zwei-Sekunden-Abständen immer und immer wieder gegen die Schläfe zu klopfen. Vielleicht fällt der kleine Schmerz dann aus seinem Kopf.

Der kleine Seppi kann sich an seinen Vater nicht gut erinnern. Zwei Fotos hat ihm die Rosa gelassen, die anderen sind aus Herzschmerz ihrer Zerreißwut zum Opfer gefallen, nachdem sie dem Jackson auf jedem Foto mit einer Bleistiftspitze die Augen ausgestochen hat.

Die gesamte Grundschulzeit wird der Seppi damit verbringen, die Fotos seiner Kinderalben akribisch zu überprüfen, nach ausgestochenen Augen zu suchen und ein exzellentes Gespür für die Stimmungen und Spuren der Tigerin zu entwickeln.

Das Kind fortan ein hypersensibles Messgerät für all die wankelmütigen Bedürfnisse seiner Umgebung. Man geht betreten mit ihm um, das kann er spüren, bevor es ihm gesagt wird. Das mit der Sensibilität, die jedes Spiel zunichtemacht, weil nie etwas so gemeint war, wie es von ihm aufgefasst wurde. Seine Augen, die sich für das Empfinden anderer zu schnell mit Tränen gefüllt haben. Ein Junge, der nicht erklären kann, weshalb ihm die Energien, die von Menschen ausgehen, zuerst im Kopf und dann auf der Haut wehtun wie Nadelstiche.

In den beschützenswerten Jahren tobt die Intuition in seinem Bauch, ein Stimmchen, das ihm sagt, was oder was nicht der Wahrheit entspricht. Aber dann sind da immer die Anderen, die erneut beschwichtigen und bekräftigen, dass alles in Ordnung sei. Unabhängig davon, wie sehr es dem Kind wehtut.

Irgendwann kommt die Mutter ins Kinderzimmer und schüttet ihm ein kaltes Glas Wasser ins Gesicht. Das Kind stockt, mit hochrotem Kopf und vom Weinen verquollenen Augen. Die kleinen Hände zu Fäusten geballt, jeder Muskel in seinem Körper angespannt. Er wirft sich bäuchlings auf den Boden und beginnt zu schreien, bis er keine Stimme mehr hat. Schreit, schreit, schreit sich den kleinen Schmerz aus den Kinderknochen.

Dabei möchte sich der kleine Josef nur davongraben. Irgendwo anders hin.

In der Volksschule, da sind sie sich

In der Volksschule, da sind sie sich einig:
– Du vaterloser Dreck.
– Missgeburt.

– Schwuler.
– Keiner will dich.
– Negerkind.
– Geh weg.
– Zigeuner.
– Du stinkst.
– Tschuschenkind.

Im Ferienlager in der Steiermark, organisiert vom Jugendamt, wird man den kleinen Seppi jagen wie Freiwild. Über Wiesen, durch den Schlafsaal, in den unheimlichen Heizungskeller und wieder hinauf nach draußen auf die unendlich weiten Wiesen, hinein ins Gebüsch, dort, wo die Brennnesseln warten, die kennen den Seppi gut. Alte Vertraute, seit einigen Sommern, sozusagen. Die anderen und älteren Kinder, sie werden einen Kreis bilden, sich gegenseitig an den Händen halten, zu zehnt, und beginnen, synchron mit langen, sommerbraunen Beinen nach dem kleinen, dicken Kind zu schlagen, das auch dunkel ist, aber eben nicht nur im Sommer. Weil der Vater, der davongelaufene Nigerianer, seine schöne Haut an den Sohn vererbt hat. Die Kindersommer vom Seppi haben immer nach frischem Gras, einer Saisonkarte für das Freibad, Chlorwasser, Colaschlecker mit Brause und Schlägen gerochen. Die Pakete voll mit Abverkauf- und Minus-Fünfzig-Prozent-Süßigkeiten und Minimal-Schillingbeträgen, die er von der Mutter zugeschickt bekommt, werden sie ihm stehlen und detailliert mit Ersäufen samt Schicksal als Wasserleiche drohen, sollte er jemandem von seinen Peinigern erzählen.

– Dann schieben wir dir Dinge in den Popo, du Neger, sagen sie und der kleine Seppi wird die gesamten vier Wochen zusammengekauert in einer Ecke schluchzend um sein Leben fürchten.

Die Erzieherinnen im Ferienlager sind geübt im Wegsehen, im Weghören, und die Sommersonne, die blendet mal mehr, mal weniger stark.

Die Bauchschmerzen werden den Steinlachner Seppi erst in einigen Jahren erreichen.

Der Hass der Mutter

Der Hass der Mutter hat sich nicht mehr nur gegen den Jackson gerichtet, sondern auch gegen den Sohn, der mit jedem Jahr mit dem dichten, dunklen Haar und den mandelbraunen, großen Augen nicht nur hübscher geworden ist, sondern ihm immer ähnlicher gesehen hat. Irgendwann haben sogar die Krimmwinger Kirchturmglocken geschrien: Dem Jackson wie aus dem Gesicht gerissen! Was soll nur aus diesem Kind werden?

Während der Herbst- und Wintertage war es, als hätte man die Rosa Steinlachner durch ganz Österreich hindurch, Bundesländer- und Flussübergreifend weinen hören.

Der Mutter vom Seppi geht es nicht mehr gut. Jeder im Dorf hat gewusst: Schuld ist der Davongelaufene. Den Umgang mit dem Seppi haben viele Eltern ohnehin nicht gern gesehen. Man hört so viel. Läuse zum Beispiel, da war man sich sicher, dass der Sepp die verteilt hat, und egal, wie bemüht und ausschweifend die Beteuerungen, dass sie sich peinlichst genau um ihre und die Körperhygiene ihres Sohnes kümmere. Der Kampf gegen die anderen Mütter war verloren, bevor er überhaupt begonnen hatte. Die haben sich um die Mutter vom Seppi geschart wie eine Gruppe verhungernder Hyänen. Keine Einladungen. Weder zum Kaffee noch zum gemeinsamen Gartenliegen mit aufblasbarem Schwimmbecken im Sommer noch zu sonst irgendetwas, das der mütterlichen Einsamkeit Abhilfe verschafft hätte. Kein gar nichts mehr für die Rosa Steinlachner. Und dann der Telefonanruf:

– Du warst wie mei eigenes Dirndl, sagt die Hanni, Großmutter vom Frido.
– Aber?
– Des wos du tan hast, hat Auswirkungen g'habt. Auf uns und Krimmwing.

– Was hab ich denn getan?
– Das weißt du ganz genau.
– Na dann, bitte, erzähl es mir doch. Wenn ihr alle besser Bescheid wisst als ich. Und überhaupt, was geht es das ganze Dorf an, wer der Vater vom Seppi ist?
– Pass auf, was du sagst, Rosa.
– Machst du jetzt auch mit bei dieser Hexenjagd gegen mich und meine Familie?
– Wir sind a Gemeinschaft, wir halten zam.
– Und das heißt?
– Dass der Seppi mit dem Frido befreundet ist. Das geht nimmer.

Als nächstes murmelt die Wastinger-Großmutter etwas von

– ... Verständnis haben.
– Und wenn er nur nachts zu euch kommt?, probiert die Rosa weiter.
– Nein.
– Keiner wird ihn sehen, wir finden eine Lösung.
– ...
– Hanni, tu mir das nicht an. Der Frido ist alles für den Sepp, das weißt du.
– Das Einzige, was wir diesen Sommer verkauft haben, waren ein paar Flaschen Fruchtsaft. Obst und Gemüse hat uns keiner abgenommen.
– Herrgott noch einmal, Hanni! Das hat nichts mit einem kleinen Kind zu tun. Im Supermarkt sind die Erdbeeren und Äpfel halt billiger.

– Für dich sind die Leut nur die Leut. Aber für mich und den Friedrich sind die Leut unser Zuhause. Seit fünfzig Jahren. Es würd dir nicht schaden, dankbarer zu sein.
– Das Kind kann am wenigsten dafür, sagt die Rosa.
– Die Kinder können nie was für die Taten ihrer Eltern, antwortet die Wastinger-Oma.
– Was willst du von mir?
– Entschuldig dich. Beim ganzen Dorf. Das wär ein Anfang.

Die Rosa hat den Hörer sinken lassen und ist, ohne aufzulegen, in den Garten rauchen gegangen, während der Telefonhörer an der cremefarbenen Schnur hin und her und hin und her baumelt.

Der Frido ist zu einer Tante nach Wien

Der Frido ist zu einer Tante nach Wien geschickt worden. Wegen der Ausbildung und mehr Möglichkeiten im Allgemeinen. Das Leid hat man sich weiterhin freundschaftlich geteilt: Der eine ist wegen des Gewichts und der Kurzsichtigkeit in Wien gehänselt worden, der andere wegen seiner Hautfarbe in Krimmwing. Der Junge mit dem keiner gespielt, den man systematisch von allen Freuden der Kindheit isoliert hat.

Im rosafarbenen Schlafrock und mit dicken Lockenwicklern auf dem Kopf hat die Fanny-Oma beinahe jeden Abend – bis zum Einsetzen der Jugendjahre – mit dem Enkelkind vor der Bettkante gekniet und gebetet. Damit die Mutter wieder gesund wird. Wenn der Seppi wissen wollte, woran sie erkrankt sei, hat die Großmutter auf ein trauriges Herz verwiesen, das, wenn nicht rechtzeitig erkannt, auch den Kopf befallen kann. Mit so viel Traurigkeit im Körper, hat die Großmutter gesagt, kann man oft tagelang nicht aufstehen, ohne sich und andere zu verletzen.

Der Krimmwinger Kirschkernhügel

Der Krimmwinger Kirschkernhügel, auf dem ein sehr alter Apfelbaum steht und der noch nie – nicht mal aus der entferntesten Distanz – jemals eine Kirsche gesehen hat, ist das Wahrzeichen der Gemeinde Krimmwing. Platziert auf einer großen Wiese, die links und rechts und vorne und hinten an die Grundstücke der ansässigen Bauern anschließt. Ein langer, zertretener Weg verbindet alle miteinander. Hauptsächlich die Wastingers und die Steinlachners.

Mit dem Kopf nach unten baumelnd, hängt der Seppi vom Apfelbaum. Wartet darauf, dass ihm die Albträume und die Mutter aus den Ohren fallen.

Der Frido sitzt auf seinem grünen Fahrrad, mit den Unterarmen auf der Lenkstange liegend, die Füße auf dem Boden.

– Kommst du runter vom Baum?, fragt der Frido.

– Nein.

– Ich möcht dir was sagen.

– Nein.

– Wenn ich runter komm, dann bist du weg.

– Ich hab betteln müssen, dass ich überhaupt herkommen darf.

– Wozu?

– Mich verabschieden.

– Geh doch wieder.

– Sei nicht so und komm kurz runter.

– Ich will nicht.

– Bitte, Seppi.

– Nein.

Der Frido beobachtet geduldig, wie er hängt und sich herumhangelt von Ast zu Ast wie ein Äffchen. Sich weigert, ihm in die Augen zu sehen.

– Ich geh jetzt, sagt er.

Der Seppi baumelt weiter und beginnt zu summen, in einem Rhythmus, den nur er kennt.

In ein paar Jahren wird der Steinlachner Sepp erneut an diesem Baum, sogar am selben Ast hängen.

Dieses Kind, denkt der

Dieses Kind, denkt der Rathbauer, wenn er nach seiner Schicht aus dem Lager von Grün & Knusprig mit einem Sechserpack Bier in seinem alten VW Golf an den See fährt und zufällig den Frido und den Seppi mit der Großmutter im Wasser plantschen sieht. Dieses Kind wird Hilfe brauchen. Und Schutz. Vor all dem, was sich innerhalb dieser Gemeinde abspielt. Man hört, dass sie den kleinen Wastinger Ende des Sommers nach Wien schicken werden. Was dann aus dem Seppi wird, möchte er sich nicht vorstellen.

Wenn man spürt, wie einem Krimmwing seine spinnenartigen, spitzen Beine in den Kopf rammt, dort andockt und sich nährt, ist es fast schon zu spät. Der Rathbauer denkt: Nächsten Monat geh ich weg von hier. Spätestens. Dann beobachtet er die jungen Frauen, genauso alt wie der Rathbauer selbst. Das Kreischen, das Lachen und ihre Körper erinnern ihn an alle Dinge, die ihm schon seit sehr langer Zeit wehtun.

Ob er es in einem anderen Leben geschafft hätte, sich aus Krimmwing herauszudenken, bleibt ungewiss.

Sommer im sechzehnten

Sommer im sechzehnten Lebensjahr. Im Freibad von Krimmwing nebeneinander auf dem Rücken in der Wiese liegen. Colaschlecker in den Mundwinkeln, darauf warten, dass sich die Brause im Mund verteilt. Das Geschrei von Kindern, die von der langen, orangefarbenen Rutsche ins Becken platschen. Teenager, die für ihre Freundinnen vom Zehnmeterbrett springen, der wagemutige Todessturz, mit dem man seine Liebe zwischen Sonnenauf- und Sonnenuntergang beweist. Davor und danach: Küssen bis die Zungen wehtun und die Lippen wund sind. Kühlen derselbigen mit Cheesy Eis, Bum Bum und Twinni. Generationen von Kindern, die sich den gesamten Sommer lang nur von geschnittener Wassermelone in Plastikdosen, Pommes mit Ketchup und Wurstsemmeln ernährt und an Arcade-Game-Automaten ihr bitter zusammengehaltenes Taschengeld verloren haben, wegen der allerallerletzten Runde gegen den Endboss.

– Können wir bittebittebitte, sagt der Seppi.

– Bleib cool, antwortet der Frido.

– Weit weggehen, wenn wir achtzehn sind.

– Nach Wien.

– Kinderkram. Weiter weg. Viel, antwortet der Seppi.

– Wohin?, fragt der Frido und leert seine Cola-Flasche bis zur Hälfte.
– Nach Südafrika, zu meinem Vater.
– Ich will in Wien bleiben.
– Wozu?
– Es gibt da ein paar Mädels, antwortet der Frido und klatscht sich zufrieden auf den dicken Bauch, als würde er seine Freundinnen verspeisen.

Der Sepp zerbeißt einen Colaschlecker, genießt die Brause und steckt sich den nächsten in den Mund.

– Bleibst du in Wien nach dem Abschluss?, fragt er den Frido.
– Ich weiß das alles noch nicht. Vielleicht. Und du?
– Ich möcht wohin, wo keine Menschen sind.
– In Südafrika gibt's auch Menschen.
– Es wär anders. Andere Menschen.
– Du warst noch nie dort.
– Egal.
– Wie geht's mit deiner Mama?
– Möcht nicht darüber reden. Es ist immer dasselbe.
– Hat sie wen?
– Niemals. Die wartet darauf, dass der Jackson zurückkommt.
– Und?
– Spinnst? Der hat eine neue Familie.

– Scheiße.
– Das passt, die sind sehr lieb.
– Und er hat es deiner Mutter nicht gesagt?
– Doch. Das ist das Problem. Sie sitzt jeden Abend am Küchentisch und tut, als wär nichts.
– Und trinkt?
– Genau, antwortet der Seppi, richtet sich auf und schlingt die Arme um seine angewinkelten Beine.
– Weißt, sagt der Frido und schaut den Menschen in den Schwimmbecken zu, während die Sonne ihr Bestes tut, wenn du noch zwei Jahre durchhältst, bist du frei.
– Okay.

Der Verzicht, ein Leben zu leben, weil die anderen denken, was sie denken, ist eine ungesunde Diät. Oder wie der Vater seinem Sohn einige Jahre später bei der Ankunft in Johannesburg sagen wird: Drop your ego. This is the most dangerous friendship you will ever encounter.

– Du bist nicht einfach davongelaufen, wie es mir meine Familie immer erzählt hat, oder?, fragt der Sepp seinen Vater.
– Nein, wird der Jackson antworten, I would have never left you with these people, if there would've been another option at that time.
– Okay.

– But you're here now, right?
– Yes.
– With me.
– Yes.
– So let's enjoy ourselves. I want you to meet your half brother and your two half sisters. They are excited to meet you. And my wife, let me tell you: This crazy woman has been cooking for days. Promise me you will at least try to eat it all.

Zum ersten Mal seit Langem kann der Josef lachen und beginnt, sich zu entspannen. Drei Wochen, in denen er sich selbst gehört, die ewig traurige Mutter nicht trösten muss. Einundzwanzig Tage, in denen das Gift aus ihrem Mund ihn nicht erreichen kann.

Was die Leute sagen

Es gibt Dinge

Es gibt Dinge, die sind in uns hineingeschrieben, mit der schwärzesten Tinte. Eingebrannt in die Knochen, die Haltung ermöglichen. Die Geburt und der Tod. Jedes Lachen und Weinen. Wen man lieben wird und weshalb. Für wie lange und wann es ein Ende braucht.

Der Rathbauer unterbricht sein allabendliches Ritual und streift die Louboutins von den geschwollenen Füßen. Der schwarze Lack, sein liebster, beginnt abzublättern. Ein Anruf aus Johannesburg. Eine Stimme, die er nicht wiedererkennt. Fast. Sie möchte wissen, ob es eine Investitionsmöglichkeit in Krimmwing gibt. Der Rathbauer ärgert sich, dass er seine Telefonnummer in all den Jahren nicht geändert hat. Da öffnet man Tür und Tor für den Teufel.

– Du kommst zurück?, fragt der Rathbauer und reibt sich die vom zusammengedrücktsein schmerzenden Zehen.

– Sieht ganz so aus, antwortet die Stimme.

– Ausgemacht haben wir etwas anderes.

– Das ist lange her.

– In Krimmwing gilt die Zeit nicht. Das solltest du am besten wissen.

– Ich brauch keine Ratschläge. Sondern eine Beschäftigung, bis es vorbei ist.

– Bleib, wo du bist.

– Rathbauer, meine Entscheidung, antwortet die Stimme und legt auf.
– Nun gut, sagt der Rathbauer in die Stille hinein. Er hat in seinem Leben weitaus Schwierigeres wieder hinbekommen, nun gut.

Wenn der Dorfwirt

Wenn der Dorfwirt Peter Dohringer mit seinen Einmeterfünfundneunzig hinter der Schank hervorkommt, ist das ein Anblick, der für Staunen sorgt. Diese Schank ist ein Unikum, ist in den letzten acht Monaten mit dem Dohringer gewachsen und geschrumpft, je nach Bedarf und Tagesverfassung.

Das Wirtshaus gehört dem Rathbauer, geerbt von einem verstorbenen Onkel. Nachdem der Rathbauer mit Gastronomie nichts am Hut hat, sonst keiner daran interessiert war und der Dohringer, ein alter Freund, nach seiner Rückkehr nach Krimmwing eine Investitions- und Geschäftsmöglichkeit gesucht hat, da ist dem Rathbauer geschossen: Warum denn eigentlich nicht? Verpachtet auf ein Jahr und dann

– Schauen wir einmal, wie du dich machst. Wie die Leute auf dich reagieren.
– Was ist denn das für ein saublöder Satz.

– Vergiss nicht, was für ein Chaos hinter dir zurückgeblieben ist.
– Sei nicht komisch, Rathbauer.
– Ich erwarte mir einen anderen Ton von dir.
– Das ist der beste, den du kriegen wirst. Solange ich mich an meine vertraglichen Pflichten halte was das *Grausame Weib* betrifft, haben wir zwei nichts zu besprechen.
– Nur damit du es weißt: In dem Wirtshaus wirst du mich als Gast nicht sehen. Niemals.
– Und den Rest von Krimmwing wirst du gegen mich aufhetzten. So, glaube ich, wird die Geschichte weitergehen, richtig?
– Ach, Dohringer. Schau, die Leute haben ja Gott sei Dank ihren eigenen Willen. Und ist das nicht eine äußerst beruhigende Tatsache?
– Aufwiedersehen.
– Schönen Tag, Peter.

Der Dohringer, geübt im Weghören und Glauben, dass sich Dinge ändern können, hat den Pachtvertrag unterschrieben und eine Doppelhaushälfte in Krimmwing, mit direktem Blick auf den Kirschkernhügel angemietet. Groß war die Freude, als er vor acht Monaten der Liesl auf dem Markt begegnet ist, sie sich vorgestellt hat mit
– Griaß di, i bin die Elisabeth Wastinger.
– Die Tochter vom Frido?
– Ehefrau.

– Die Frau vom Fridolin!
– Genau.
– Ist er zu Hause? Ich würd gern bei ihm vorbeischauen. Hallo sagen.
– Heute ist es ungünstig. Die letzten Monate. Es ist ihm gesundheitlich immer schlechter gegangen.
– Sagst du ihm, dass der Peter Dohringer nach ihm gefragt hat?
– Natürlich, antwortet sie, lächelt.

Er lächelt zurück. Die Liesl bleibt stumm, zieht ihre Weste über den üppigen drei Brüsten zusammen, versteckt, wofür sie ein Leben lang schikaniert worden ist.

– Ich freu mich, sagt der Dohringer.
– Über was?
– Für dich und den Frido. Also, dass er verheiratet ist. Familienleben.
– Danke, antwortet sie und ihr Blick heftet sich auf irgendetwas hinter seinem Rücken. Siehst du das, da hinten?
– Den Nebel?, fragt der Dohringer nach einiger Zeit, in der er versucht hat zu eruieren, was sie meint.
– Ja, antwortet sie, ich mag ihn nicht.
– Okay.
– Möchtest du am Wochenende zu uns zum Essen kommen?
– Gerne.

– Wirklich?
– Weshalb denn nicht?
– Und du kommst. Also wenn ich koche, dann kommst du zum Essen.
– Das wäre der Sinn einer Essenseinladung. Das heißt: Wenn man Gäste einlädt.
– Okay, antwortet die Liesl, okay.

Sich entleeren

Sich entleeren, das tut der Mensch gern.

Vor allem in Österreich und am Liebsten auf jemanden drauf, anstatt in etwas hinein.

Das gehört so sehr zu Österreich dazu wie Freunderlwirtschaft und zärtliches Eierschaukeln beim Wirten. Da werden bei ein, zwei, drei, vier, fünf, sechs und sieben Bier Karrieren gerichtet und wieder gebrochen, Affären beendet und neue begonnen, Menschen in einen imaginären Adelsstand erhoben, die dann nicht mal mehr durch eine Scheidung in gesellschaftliche Ungnade fallen können. Vor hinter vorgehaltenen Händen geflüsterten Dingen, davor soll man sich hüten.

Sagen kann man, um sich der Wahrheit ein wenig anzunähern, dass das Flüstern hinter vorgehaltenen Händen kein ländlicher Zustand, sondern ein menschlicher ist.

Manchmal fragt sich die Liesl, ob das Entleeren seiner Fäkalien an sich nicht die eigentliche Misere ist.

Weil Menschen so oft darüber nachdenken, auf was man scheißen, wen man anscheißen und wie lange man wo drauf scheißen kann. Immer, wenn es um den zuvor beschriebenen Entleerungsprozess geht, kann man sicher sein, dass irgendwer oder irgendetwas leiden wird.

Die Liesl denkt gelegentlich über Putzfrauen nach. Weil wenn die die Scheiße von anderen wegwischen müssen, wer wischt dann deren weg?

In Krimmwing, dort, wo die Liesl wohnt, sagt niemand zu ihr: Ham's dir ins Hirn geschissen?!

Nicht, weil die Leute dort freundlicher wären. Die reden nur eher nicht mit einem.

Dort, wo die Liesl wohnt, sagt man zueinander: So eine wie die, die meiden wir. Dick ist sie und gut drauf noch dazu. Strahlt wie eine Sonne, trotz dem massiven Übergewicht. Das neue Fitnessstudio in Krimmwing sei doch erschwinglich, möchte sie sich das nicht leisten? Es gehe doch nur um Liesls Gesundheit.

Ab Kleidergröße 46 bei einer Frau, wo soll denn das hinführen. Es gibt zwar eine Dorfboutique, die Plus-Size-Damenmode verkauft, allerdings sind alle Damen, die dort einkaufen könnten, in den letzten Jahren auf Size-Zero heruntergemagert. Selbst die einst stämmigen Landwirtinnen.

Die Liesl hat sich, als die Boutique neu eröffnete, den Aushang vom Stadtbrett im Dorfzentrum geschnappt und um die Teilzeit-Stelle als Verkäuferin beworben.

Dort hat man ihr mit störrischer Behutsamkeit nahegelegt, dass man nach einer eher ästhetischeren Verkaufspersönlichkeit sucht.

Unter dem *Vladorama* befindet sich ein kleiner Stripclub, der damals in Krimmwing dermaßen wirtschaftlich einträglich war, dass sich in den achtziger Jahren sogar der Tourismusführer Österreich einen Hinweis darauf in seinen Bundesländer-Broschüren erlaubt hat.

Zwei Sparvereinsrunden – in einer von ihnen der Rathbauer – haben jeden Freitagabend unermüdlich um die Gunst der sechs tanzenden Damen gebuhlt.

Die Liesl geht abends ins *Vladorama* Geld verdienen, obwohl sie das nicht muss. Zusammen mit dem Wastinger hat sie Ferienhäuser in Italien, Frankreich und Österreich. Aber das weiß niemand. Weil sich keiner die Mühe gemacht hat, die Liesl kennenzulernen.

Beim Tanzen verdient sie mehr als die anderen Ehefrauen des Dorfes. Und diese Damen zahlen es der Liesl richtig heim, wenn und wann immer ihnen danach ist. Verstecken ihr Schminkzeug,

Schuhe, die Unterwäsche. An düsteren Tagen sogar den Schlüssel für ihr Fahrradschloss, den Wohnungsschlüssel und das Portemonnaie.

Die Liesl ist keineswegs die schönste Stripperin in Krimmwing, nur die mit dem meisten Charisma. So mühelos, so da, so leuchtend, so unantastbar strahlend. Dieses Leuchten können sie ihr nicht stehlen, also muss man der Liesl eben anders beikommen.

Beschwingt kommt der

Beschwingt kommt der Rathbauer an diesem frühen Morgen aus seinem Elektrofachgeschäft. Geht vorbei am Kirschkernhügel, der immer noch genauso aussieht wie zu seiner Jugendzeit.

Gelegentlich muss Unausweichliches selbst in die Hand genommen werden, so wie zum Beispiel zwei Benzinkanister, die der Rathbauer behutsam zum *Grausamen Weib* trägt. Der Dohringer ist seit seiner Rückkehr ganz genau beobachtet worden, trotz des Nebels. In der Krimmwinger Weitblick-Versicherung ist man dem Rathbauer wohlgesonnen, hat ihn angeleitet, wie er vorgehen muss. Nach getaner Sache bei ein paar Bieren mit den richtigen Leuten vom Sparverein wird er sich eingeschworene Rückendeckung holen.

Einzuschleimen hat sich der Dohringer versucht, mit Freibier für die Sparvereinsleute und dem neumodischen, separaten Kaffee- und Spielzimmer für Mütter und deren Kleinkinder. Dann noch ein wöchentliches Pub-Quiz samt Preisen, Karaoke-Abende und so weiter. Wo kommt man denn da hin, wenn in einer anständigen Gemeinde diese Art von Schwachsinn Einzug hält. Gott sei Dank, das muss man schon sagen, hat ihn Krimmwing mit eisigem Schweigen bestraft.

Es hätte dem Dohringer eine Lehre sein müssen. Damals, als dreiundzwanzigjähriger Bursche, hat er noch den Namen seiner Mutter getragen. In Krimmwing gab es Generationen von Steinlachners, aber dem feinen Herrn war es anscheinend zuwider gewesen, den Namen seiner Großeltern und dann seiner Mutter weiterzutragen. Wie der Vater, hat sich die Rosa Steinlachner oft beklagt, wie der Vater.

Als der Peter Josef Steinlachner damals zum Peter Dohringer geworden ist, hat es der gesamten Kraft der Gemeinde bedurft, die erneut zurückgelassene Mutter zu trösten und wieder aufzurichten.

Jedes Dorf hat ein kollektives Gedächtnis und Krimmwing im Besonderen ist eine Erinnerungsmaschine.

Der Dohringer wäre am besten ferngeblieben, wo er seine alternative Lebensweise ausleben kann, in einem Fantasieland, in dem am Ende alle mit den Feen und Kobolden im Wald tanzen, die Bäume umarmen und sich gegenseitig liebhaben.

Aber was dem Rathbauer jetzt in diesem Moment wirklich, wirklich wehtut, während er den Inhalt der Kanister im und außen herum vom Wirtshaus entleert: die Liesl.

Sie, mit ihren sagenhaft-aufregenden drei Brüsten und ihrer Fülle, die ihn in vielen Nächten warmgehalten hätte, verschenkt ihr Herz an einen dahergelaufenen Zugereisten.

Seit der Dohringer in Krimmwing wieder aufgetaucht ist, steht alles Kopf. Gott weiß, mit welchem afrikanischen Schabernack er der Liesl den Kopf verdreht hat.

Menschen sind, wie sie

Menschen sind, wie sie sind. Das hat der Bürgermeister oft zu ihr gesagt. Meist sturzbetrunken, wenn er nickt, also der Liesl so schüchtern zunickt, Richtung Bett.

– Du bist mein Katzerl, hat er gesagt und sich gefreut, richtig arg, dass er ihr das unnötige Brustgeschirr vom Körper reißen kann mit seinen Wurstfingern, die unzähligen Dosen Frühstücksfleisch und Nutella-Semmeln geschuldet sind. Sein Bauch hat weder den Wastinger noch die Liesl gestört, weil eine alte Binsenweisheit erstaunlich oft greift: Ein gutes Werkzeug, das braucht ein Dach über dem Kopf.

Seit mehr als zehn Jahren lebt sie mit dem Wastinger und seinem Werkzeug zusammen. Was für alle schlüssig war, da, wenn es um amtliche Angelegenheiten geht, niemand so akkurat und zuverlässig ist wie die Liesl.

Der Bürgermeister hat mit roten Bäckchen gesagt:

– Wir werden heiraten.

Und Krimmwing hat geantwortet:

– Ah geh, Wastinger. Das mit der Dicken, das ist nichts für dich.

Der Frido hat die Liesl bei der Hand und später zur Frau genommen.

Ein paar Monate später ist der Wastinger in der Tiefkühltruhe in seinem Keller gelegen. Die Liesl hat so viele bittere Tränen hineingeweint, dass sich eine meterhohe Schicht aus Polareis um den Verschiedenen gebildet hat.

Manchen liegt ein

Manchen liegt ein antrainiertes Feingefühl für alles Mögliche zugrunde. Wegen emotionaler oder eben nicht emotionaler Dinge, die zwischen Eltern und Kind in der prägendsten aller Zeiten passiert sind.

Peter, sagt er sich, was auch immer jetzt im Anmarsch ist, du stehst gerade. So stramm, dass sich alle Kerzen dieser Welt ein Beispiel an deiner Haltung nehmen können.

Wieder und immer wieder ist er durchgegangen, was ihn geritten hat, tatsächlich zurückzukommen. Seine Teilnahme an der Trauerfeier in der Kirche verweigert er. Obwohl – und diese Nachricht trifft ihn mit einiger Verwunderung – die gesamte Gemeinde Krimmwing anwesend sein wird. Die letzten Monate hat er die Mutter begleitet. Und nun bleibt er zurück mit porösen Knochen und verunreinigtem Blut.

Den Abend zuvor hat der Dohringer damit begonnen, Restbestände abzuschreiben, sorgsam und allein Tropfen für Tropfen seine Kehle hinunterfließen zu lassen und jeden Song aus der antiken Jukebox (Rowe Ami MM-6), die ihm Vlado zur Übernahme des *Grausamen Weibes* geschenkt hat, mindestens zweimal zu spielen.

– Dass ich dich noch mal zu Gesicht kriege, hat die Mutter bei seiner Ankunft in Krimmwing gesagt und ist dem Dohringer um den Hals gefallen.

Hat gezerrt an seinen Armen, an der Schulter, damit er sich runterbeugt zu ihr, weil sie ihn sonst nicht erreicht hätte. Alles tat ihr weh, immer hat der Mutter alles wehgetan. Wie war das möglich, fragt er sich, weil all ihre Schmerzen bereits für ihn bestimmt waren. Eine andauernde, punktgenaue Bedürfnisüberladung, mit der der Dohringer als Kind und noch lange danach befüllt worden ist wie ein industrieller Geschirrspüler.

Verkrampfen und winden, was bleibt ihm denn, dem entwurzelten Männerkörper, bei dem Versuch, sich vom Kosmos Mutter loszulösen. Der Körper hat ein Erinnerungsvermögen, ein akkurates. Der Dohringer schrumpft zusammen in seine Ausgangsposition: die eines Fötus in der Embryonalstellung. Dass es keinen Preis dafür gibt, viel und noch mehr zu ertragen, sagt einem niemand. In einem unachtsamen Moment hat jemand seinen großen-kleinen Kinderzeh für einige Sekunden in den Styx getaucht.

Seither hat der Dohringer Geister im Kopf.

Die Liesl ist mehr oder weniger

Die Liesl ist mehr oder weniger im *Vladorama* aufgewachsen, hat dort gespielt und gelernt, ihre Mahlzeiten eingenommen. Sich, umhüllt vom Sound der Achtziger und Neunziger, auf das Leben vorbereitet. Den ersten Kuss von einem Wiener Jungen hat sie im *Vladorama* bekommen, ihr Jungfernhäutchen in einer von vielen verrauchten Ecken desselbigen an den falschen verschenkt und seinen Namen mit Vlados Taschenmesser in ihren Lieblingstisch geritzt.

Seit sie den Wastinger geheiratet hat, arbeitet sie drei Abende die Woche im *Vladorama*. Nicht wegen des Geldes, das in der Familie vom Wastinger ohnehin zuhauf vorhanden ist, sondern wegen der Freiheit. Wenn die Liesl tanzt, dann gibt es rundherum gar nichts mehr. Außerhalb dieses Universums wird all jenes, das nur im Kollektiv handelt und atmet, zur Nichtigkeit erklärt. Die Männer aus dem Dorf fressen ihr das Göttliche aus der Hand und das Aufregende von der Haut. Wenn die Männer freitagabends ins *Vladorama* gehen, können sie sich schon am Tag zuvor allerlei Sermon von den Ehefrauen anhören, zum Beispiel:

– Die Dicke, die interessiert doch niemanden.
– Genieren sollt' sie sich, Hertha, wenn ich es dir doch sag. Es ist eine richtige Schande für Krimmwing, aber mein Mann sagt, sie tut dem Vlado leid. Deswegen darf sie dort tanzen.
– So ein Fettbauch, das findest du gut? Fritz, für dich schäm ich mich. Wenn ich das gewusst hätt, dann hätt ich mir die Disziplin gespart.

– Drei Brüste, die hängen mindestens bis zu den Knien. Eine Abscheulichkeit, Hertha. Unfassbar.

– Die grausige Liesl. Irgendwann wird jemand kein Mitleid mehr mit ihr haben, fettleibig und ungepflegt, wie die ist. Dann kann man sehen, was mit ihr passieren wird. Dem Wastinger haben wir immer schon gesagt: Lass dich mit der nicht ein, die ist verkommen. Hat es auf dein Geld abgesehen und wird herumhuren, sobald sie dich an der Angel hat.

Die Liesl, das ist eine Wilde. Durchtrieben bis dort und sonst wo hin. Drei Leben würden nicht ausreichen, von all den Verfehlungen dieser Frau zu erzählen. Jeder im Dorf weiß, dass sie ihren Ehemann, den Wastinger, betrügt. Und zwar mit jedem, der ihr im *Vladorama* schöne Augen macht. Da braucht es nicht viel, hört man.

Sie verbringt Stunden damit, Apfelmus zu machen, schmiert sich dieses abends vor Publikum über all ihre Brüste, gleitet langsam mit dem Rücken an der Pole Stange hinab und reibt vor aller Augen ihren Hintern und ihr Intimstes in Apfelmus.

Und übrigens: Dass der Wastinger unfruchtbar ist, war ein offenes Geheimnis. Es hat sich folgende Frage gestellt, die zuerst verhalten und im Anschluss vehement nach einer Antwort verlangt hat: Wer ist für den Bauch von der Liesl verantwortlich?

Wie Vlado nach Krimmwing

Wie Vlado nach Krimmwing gekommen ist, und vor allem woher, weiß nur Vlado. Zeitweise hört man die Worte „Verbindungen“ und „zur bosnischen“ und „Mafia“ durch das Dorf wehen, zusammen mit Pollen, Blättern und dem Geruch von Dünger.

Vlado Bogdanovic, der in Krimmwing das seit Jahren gut besuchte Tanzcafé *Vladorama* betreibt, war ihm immer der liebste Mensch gewesen. Der Dohringer noch ein Halbstarker, als der Vlado in Krimmwing aufgetaucht ist. Mit der Idee eines Tanzcafés nebst integriertem Stripclub und der Jukebox. Innerhalb kürzester Zeit war Vlado derart verflochten mit der Geschichte und den Bewohnern Krimmwings, dass es kaum noch Zweifel geben konnte, dass es schien, als habe Vlado immer schon hier gelebt.

Als der Dohringer vor acht Monaten nach Krimmwing zurückgekehrt ist, um seiner todkranken Mutter beizustehen, war Vlado der Einzige, der ihn willkommen geheißen hat.

Fünfzehn Jahre trennen ihn und den bosnischen Tanzbären. Der Dohringer spürt keinen einzigen Tag davon.

Das letzte Mal, dass irgendjemand

Das letzte Mal, dass irgendjemand den Bürgermeister Wastinger gesehen hat, ist Monate her.

Manche sagen, er grämt und versteckt sich zu Hause. Lässt niemanden aufs Grundstück und ins Haus. Bis auf die Liesl. Ein fleißiges Bienchen, ein Organisationstalent und unabkömmlich, wenn es darum geht, den Wastinger zu entlasten.

– Wie geht's dem Fridolin, fragt der Rathbauer.
– Heute ist ihm kälter als sonst, oder
– Ganz gut, und Ihnen?, oder
– Seit Wochen wieder ganz schlimm, ist wohl eine chronische Migräne, antwortet die Liesl höflich, immer darauf bedacht, so schnell wie möglich so weit wie möglich vom Rathbauer wieder wegzukommen.
– Ich hätt ein paar Sachen mit ihm zu besprechen, sagt er.
– Eine Liste.
– Wie bitte?
– Geben Sie mir eine Liste und ich arbeite die mit dem Bürgermeister durch.

– Vielleicht können wir die Liste durcharbeiten. Du und ich. Dann müssen wir den Fridolin nicht stören.
– Wir?
– Zu zweit.
– Ist es wichtig?
– Weißt du, Liesl. Ich hab das Gefühl, dass etwas nicht stimmt.
– Und das ist mein Problem?
– Mit dem Wastinger. Irgendetwas stimmt nicht mit ihm.
– Was ist mit ihm?
– Das würd ich gerne von dir wissen.
– Wir sind nicht per Du.
– Aber das kann sich ändern. Also, was ist mit ihm?
– Er ist krank.
– Offiziell.
– Auch inoffiziell, Herr Rathbauer.
– Irgendwann werd ich schon noch dahinterkommen, antwortet der Rathbauer.
– Okay, antwortet die Liesl und winkt einer näherkommenden Gestalt zu.

Vlado, mit einer Leberkäsesemmel in der Hand, hakt sich bei der Liesl ein und zieht sie davon.

– Hvala, nuschelt sie, hvala, Vlado.

Der kaut, kaut, kaut und betrachtet die sich links und rechts von ihnen erstreckenden Wiesen.

Das Grausame Weib riecht

Das *Grausame Weib* riecht nach kaltem Rauch, verschüttetem Bier und gescheiterten Existenzen.

Der Dohringer hat getan was richtig und ertragen was notwendig war, sagt er sich. Aber nach der vorhergegangenen Nacht an einer Trauerfeier teilzunehmen, dazu kann er sich nicht durchringen.

– So was liegt mir einfach nicht, sagt er.

– Das geht vermutlich jedem so, antwortet die Liesl.

– Vlado nickt, summt vor sich hin.

Vlado Bogdanovic spricht nicht wie andere sprechen. Sieht keinen Sinn darin. Mit Sicherheit kann man nicht sagen, was im Kopf von Vlado passiert oder eben nicht. Es ist eine dieser unzähligen Anomalien in Krimmwing, bei der es keinen Sinn macht, wie lange und gründlich gesucht wird. Eine Lösung oder gar Ursache wird selten an die Oberfläche gespült.

– Ich hab gesagt: Ich möchte keine Verabschiedung, sagt der Dohringer.

– Wir wollen nicht, dass du gehst, sagt die Liesl. Und wie der Himmel vor einem Gewitter verdunkelt sich das Gesicht vom Dohringer, der wegen all der verschiedenen Arten Alkohol in seinem Blut schwerfällig aufsteht, zur Türe wankt und diese abschließt.

– Ihr wisst gar nichts, sagt er.
– Vielleicht doch, antwortet die Liesl.
– Woher, sagt der Dohringer, ihr habt damit nichts zu tun. Meine Suppe.
– Ich mag Suppe, antwortet die Liesl.
– Glaub mir, diese wird dir nicht schmecken.

Vlado summt weiter in sich hinein, scheint ungestört von allem Gesagten. Der Dohringer legt ihm sanft eine Hand auf die Schulter.

Der Besitzer des *Vladoramas* kann nicht gut damit umgehen, wenn seine privaten Sphären penetriert werden. Nur ein kleines bisschen zuckt er zusammen, merkbar genug für den Dorfwirt, der seine Hand daraufhin entfernt.
– Und jetzt?, fragt die Liesl.
– Warten wir, sagt er.
– Bis der Sepp kommt?
– Genau, antwortet der Dohringer, bis der Sepp kommt.

Mit der letzten Flasche von seinem besten Gin – und irgendwie findet der Dohringer alles richtig gut, was er von Vlado geschenkt bekommt – setzt er sich zurück an den eckigen Holztisch und beginnt, mit dem rechten Fuß, der in einem Gesundheitsschuh steckt, zu einem Takt zu klopfen, den nur er kennt.

Peter, jetzt sind die Geister los. Und was herausgelassen worden ist, kann nicht mehr aufgehalten werden.

Geister hinterlassen Spuren. Wer aufmerksam ist und minimale Fährtenleserkenntnisse besitzt, sich mit den Energien im Universum gut stellt und Hinweisen, so zart und klein wie Zuckerkrümel, folgt, findet vielleicht heraus, weshalb die Zwischengestalten neben einem umherwandern und kann Hilfe anbieten. Irgendetwas wollen die nämlich immer.

– Warum jetzt und warum so, fragt die Liesl.

– Es ist an der Zeit, glaub ich, sagt der Dohringer.

– Du solltest zur Trauerfreier gehen.

– Warum?, fragt der Dohringer, da ist schon alles gesagt worden.

Beim Gedanken an den Sarg tun sich Kopfschmerzen auf.

– Damit du sagen kannst: Ich hab mich verabschiedet, antwortet die Liesl.

Vor den Lebenden hat der Dohringer keine Angst. Aber mit Geistern möchte er keine offenen Rechnungen wälzen. Er kann den Steinlachner Sepp näherkommen hören, die Beine nicht mehr leichenstarr, sondern weich vom Durchhängen hinter sich herziehend. Er wird dem Sepp, so nimmt es sich der Dohringer fest vor, alle Fragen beantworten.

In den vielen Jahren, die zwischen der Kindheit, der damit verbundenen Erziehung und dem Entlassen in die große, weite Welt liegen, kann es vorkommen, dass sich so mancher vom

Alter gezeichnete Elternteil nicht mehr erinnern kann. Oder möchte. An das was war, daran, womit man sich nicht konfrontiert sehen möchte. Weil ein Kind, das ist leicht zu beschreiben, wie eine Festplatte mit unendlich vielen Terrabytes. Es vertraut dem innersten Kern seiner Umgebung die zarte Seele an.

Im Grunde ist es deshalb unausweichlich, dass sich Erwachsene irgendwann den Fragen der Kinder stellen müssen.

Die Mutter ist krank, deswegen ist er zurückgekommen. Der Versuch einer Versöhnung nach einem letzten Anlauf fehlgeschlagen. Die Geschichte vom Steinlachner Sepp hängt irgendwie mit seiner zusammen, aber er hat sich geschworen: Dort schau ich nicht mehr hin. Aber der Steinlachner Sepp hat seine eigenen Pläne und ist nun auf direktem Weg von ganz weit unten nach ganz weit rauf zum Dohringer.

– Ich kann ihn hören, sagt die Liesl.

– So ist das mit den Toten, antwortet der Dohringer, die überraschen einen immer dann, wenn man nicht damit rechnet.

Die Liesl hievt sich hoch und schwankt mit der zu gewinnenden Balance um die Wette. Sie schenkt sich Apfelsaft mit Leitungswasser ein.

Die Liesl und der Wastinger, der Vlado und seine Jukebox. Sie haben dem Dohringer die Zeit seit seiner Rückkehr kurzweilig gemacht.

Darauf zu warten, dass jemand stirbt, verbindet einen selbst auch ein bisschen mit anderen Welten und ihren Bewohnern.

Die Liesl streckt sich, so weit als möglich, und lässt beide Arme kreisen. Erst im Uhrzeigersinn, dann dagegen.

– Die Schulter, sagt sie, und der Nacken. Seit ich schwanger bin, tut mir alles weh. Ständig.
– Sich dem Leben entgegenzustemmen, das muss einem liegen, sagt der Dohringer und die Liesl lächelt.

Er beobachtet sie und nimmt einen Schluck aus der Flasche. Eigene Kinder zu haben, daran hat der Dohringer nie gedacht, aber nun beim Anblick der kugelrunden Liesl wärmt es ihm alles. Von den Zehen bis zur Kopfhaut, dann weiter den Rücken hinunterfließend, silberne Bäche voll lebendiger Sinnhaftigkeit.

– Magst du nicht nach Hause gehen, dich ausruhen?, fragt er.
– Ich bleib in Bewegung. Das ist mir und dem Bauch lieber.
– Wie wirst du mit dem Fridolin weiter tun?
– Es ist einsam geworden. Hauptsächlich in meinem Kopf.
– Glaubst du, dass er dich vermissen wird?
– Die gemeinsamen Jahre sind vorbei. Wenn der Zeitpunkt gekommen ist, kann man sich das eingestehen.

– Klingt vernünftig.
– Die Theorie, ja. Kann das eigentlich hinausgezögert werden mit dem Sepp?, fragt sie.
– Ich hab mein bestes versucht. Aber nachdem ich ihn jetzt schon hören kann.
– Ist es vorbei mit dem Frieden, sagt die Liesl.
– Genau, antwortet der Wirt.

Kurz nach seiner Rückkehr, ist dem Dohringer das gesammelte Krimmwinger Wissen aus den Tiefen des Vergessens wie eine Walfontäne wieder emporgestiegen.

So hat es der Dohringer in Erinnerung:

Der Steinlachner Sepp, der war der Sohn eines Südafrikaners. Ist seine gesamte Kindheit hindurch gehänselt worden und war trotzdem noch voller Liebe und Verständnis für die, die ihn schikaniert haben. Er wollte die vielfältigen Unzufriedenheitszustände der Menschen im Dorf verschwinden lassen. Hat sich eingesetzt für dieses und jenes. Den Alten geholfen und Botengänge übernommen. Und Krimmwing hat nach einer langen Zeit des eisigen Schweigens geantwortet:

Das ist nicht genug.

Dann, eines Tages, hat man den Steinlachner Sepp nackt und mit einer dicken, roten Schlinge um den Hals vom Apfelbaum auf dem Krimmwinger Kirschkernhügel hängend vorgefunden.

Es soll Menschen gegeben haben, die vorbeigegangen sind und gedacht haben:
Wie lange könnten wir den Sepp dort oben hängen lassen?

Zeitgleich mit dem hängenden Körper vom Steinlachner hat der Peter Dohringer Krimmwing verlassen und bis zu einem Telefonanruf Jahre später alles ganz, ganz tief vergraben.

Nach manchen Erlebnissen bleibt nichts anderes mehr, als die Stimmen hinter dem Rücken zu ignorieren, einen Fuß vor den anderen zu setzen und nicht mehr zurückzuschauen.

Der Bauch von der Liesl

Der Bauch von der Liesl hat erst richtig in jener Nacht zu wachsen begonnen, in der der Dohringer das Wirtshaus *Zum grausamen Weib* vom Vorbesitzer übernommen hat. Es wäre die Pflicht vom Wastinger gewesen, das Wirtshaus mit einer Feier einzuweihen und den neuen Besitzer mit einer Ansprache willkommen zu heißen. Als das nicht passiert ist und sich selbst die Liesl einer Rechtfertigung entzogen hat, ist es losgegangen mit den Gerüchten.

Vlado enthält sich einer Meinung. Wenn Dinge zu schmerzbehaftet sind, kann es durchaus vorkommen, dass einem das Gehirn die Worte verweigert.

Die Liesl liebt den Vlado, wie ein Hund Würste liebt. Er malt ihr mit Wasserfarben Sachen auf den kugelrunden Bauch und kocht dazwischen für sie. Auffüttern tut er sie, kostenlos auch noch, wie man hört, zischt das Kollektiv, wenn die Liesl froher Dinge an ihnen vorbeigeht. Wenn sie hinschaut, schauen sie weg. Wenn sie wegschaut, schauen sie hin.

Das Kollektiv weiß und sieht alles.

Ein gefestigter Stand in

Ein gefestigter Stand in Krimmwing hat sich für die Mutter nie ergeben. Der Bub ist einfach gegangen. Die Sachen gepackt, hat sich umgedreht und weg war er. Die Mutter hyperventilierend am Krimmwinger Kirschkernhügel, den Apfelbaum abwechselnd umarmend und tretend, die Jahre danach gestützt von einem ganzen Dorf.

Reihum hat man der Geschädigten wochenlang in allen Haushalten des Dorfes das Mittag- und Abendessen kredenzt, kleine Aufmerksamkeiten vom Wochenmarkt in geflochtenen Körben und die aktuelle Tageszeitung vor die

Tür gestellt. In ländlichen Gemeinden lernt man im Schweinsgalopp, wo sein Platz im Leben ist, wo man sich einzureihen hat.

Eine schöne Frau ist sie gewesen, die Rosa. Früher. Bevor ihr das intensive Leben im Land der nie verheilenden Wunden Organe und Knochen zerfressen hat. Bevor sie das Kind bekommen hat, von dem sie nicht gedacht hat, dass es ihr Leben zerstören wird. Ein derart untröstliches Schicksal auszufassen, das hat ihr im Ruhestand den Tumor in den Kopf gepflanzt, da war man sich sicher.

– Du hast keine Kinder, die du allein großgezogen, für die du auf alles verzichtet hast und die dir dann ein Messer in den Rücken rammen. Weil sie sagen: Ab heut bin ich
– Schwul heißt das, sagt der Rathbauer.
– Genau.
– Rosa, gib mir den Haken. Ich heb ihn für dich auf, die Stimme vom Lorenz so sanft wie Katzenpfötchen.
– Für später?, fragt sie.
– Für später, antwortet der Rathbauer und führt sie eingehakt in seinen Arm den Krimmwinger Kirschkernhügel hinunter.

Seit einiger Zeit

Seit einiger Zeit spürt die Steinlachner Rosa eine bleierne Müdigkeit in den Knochen. Bevor sie in den Spiegel sieht, bereitet sie sich zwei bis drei Stunden darauf vor. Langsam, wirklich sehr langsam öffnet sie die zugekniffenen Augen und redet sich gut zu.

Der Sohn ist zurückgekommen und sie hat es jedem erzählt. Dunkle Haut hin oder her, darum ist es ihr nie gegangen. Sie war jung und verliebt. Und plötzlich war die große Liebe verschwunden. Sie, mit dem kleinen Seppi an ihrem Rockzipfel und den Eltern. Eltern, die ihr wegen eines Unfalls mit dem Regionalzug viel zu früh aus dem Leben gerissen wurden. Danach war sie mit ihrem Kind und Krimmwing allein.

„Unfall“, flüstert man, war es eigentlich keiner. „Erweiterter Suizid ziemlich sicher“.

Es klopft an der Türe und für einen Moment hofft sie, dass es der Sohn ist.

– Lorenz, grüß dich, sagt die Rosa.

Später, während die Rosa friedlich vor sich hinschlummert, steigt der Rathbauer vorsichtig aus ihrem Bett, das er in- und auswendig kennt. Seit mittlerweile mehr als zwanzig Jahren trägt es nur seinen Geruch.

Die glauben ja, er, der Rathbauer, sei auf den Kopf gefallen. Dass der Wastinger vermutlich ans Bett gefesselt ist wegen des Fettgehalts in seinem Blut. Ein Schlaganfall zum Beispiel, das geht so schnell. Und weiters somit der Liesl alle Instruktionen mitteilt. Was sich gut für die Liesl trifft, weil dann kann sie herumhuren in ganz Krimmwing. Wenn schon alle anderen zu faul sind zu hinterfragen, warum man den Wastinger seit etlichen Jahren nicht mehr zu Gesicht bekommen hat, dann wird der Rathbauer das regeln. Und noch einiges mehr.

Sie sieht Vlado

Sie sieht Vlado zu. Beim Bringen der Getränke zu Beginn und beim Abräumen der Tische gegen Ende der Nacht. Er sagt, er hat alle Freunde, die er braucht. Weil die Musik, die ist sein Freund.

Mit Worten sagt er das nicht, aber sie weiß, wenn er auf die Jukebox zeigt, sich dreimal über den imposanten, schwarzen Schnauzbart streift und zweimal auf die Nasenspitze tippt, dann bedeutet das: *Ich liebe*. Für die Liesl nicht vorstellbar, dass er jemals für wen anderen so viel empfinden kann wie für seine Musik.

Spät nachts kommt sie von der Arbeit nach Hause, wohlgenährt und angenehm betrunken. Zuerst, und das macht sie immer, geht sie hinunter in den ausgebauten Keller mit Sauna, Infrarotkabine und Whirlpool, ihren Ehemann besuchen, der sich dort unten ein exquisites, kleines Leben eingerichtet hat. Eine spannende Verwandlung beim Bürgermeister Wastinger, das mit dem Rückzug. Die Abscheu vor Menschen ist in den letzten zehn seiner dreiundvierzig Lebensjahre eingetreten. Sie glaubt nicht, dass es ein konkretes Ereignis war, das ihn dazu veranlasst hat, sich zurückzuziehen. Vermutlich eher ein Gefühl der Übersättigung.

Sie setzt sich zu ihm, sie tauschen Zärtlichkeiten aus. Fragt, wie sein Tag war, erzählt, wie ihrer verlaufen ist. Dass der Frido ihr Seesternchen wird, das hat sie gleich gewusst, als sie ihn im zarten Alter von einundzwanzig kennengelernt hat. Sieben Jahre später, kann sie immer noch auf viele, viele Jahre voller Freude, gemeinsamen Lachens und Innigkeit zurückblicken.

Was gefehlt hat: Freunde. Zum gemeinsamen Filmschauen. Gäste, die sie hätte bewirten können. Die Liesl ist eine fantastische Köchin, aber um sich Menschen, die sie gernhaben, herzuzaubern, dafür hat ihre Fantasie nicht gereicht.

– Gräme dich nicht, mein Katzerl.

– Aber es kommt niemand. Obwohl ich ständig Leute einlade.

– Wir haben uns.

– Was hab ich ihnen getan?
– Das wissen die selbst nicht. Sie sind eifersüchtig auf unser Glück.
– Wegen dem Geld?
– Weil wir uns haben und alles andere draußen lassen können, hat der Wastinger gesagt.

Als Frau des Bürgermeisters ist die Liesl mit ihrem genetischen Defekt – drei wohlgeformten, großen Brüsten anstatt zwei normalen, hängenden – maximal geduldet worden. Außer vom Rathbauer, der ihnen schöntut, aber sobald sich der Wastinger umdreht, stelzt er der Liesl hinterher und sabbert ihr den ganzen Körper aus der Ferne voll. So sagt man.

Seit der Dohringer

Seit der Dohringer das Wirtshaus übernommen hat, hat man einstimmig beschlossen, diese Sache nicht zu unterstützen. Den Dohringer, der sein ausländisches Geld mit- und seine ausländische Haut zurückgebracht hat. Viel wichtiger ist es – da sind sich die Freunde des Sparvereins einig –, Krimmwinger Geld in Krimmwing zu lassen.

Seit geraumer Zeit ist der Fridolin Wastinger zweifellos gebrochen. An mehreren Stellen und final, unglücklicherweise. Der Rathbauer würde sich beide Wangeninnenseiten gleichzeitig blutig beißen, würde er wissen, wie es um den Bürgermeister tatsächlich bestellt ist.

Lieben und lieben lassen

Lieben und lieben lassen, davon ist die Rosa Steinlachner sehr überzeugt. Sie hat Frieden geschlossen mit alten Geistern. Unlängst hat sie unter Anleitung eines Meditation-Internetvideos gesagt:

- Ich verzeih mir für alles und
- I am enuff und
- Ze past is ze place of referents not ze place of residents.

Zunächst ist nichts weiter passiert, obwohl sie mucksmäuschenstill war, eine Stunde, dann noch eine im Lotussitz gewartet hat. Auf eine Antwort aus ihrem Inneren. Ein Kosmos angeblich, der in einem selbst sein soll. Sie ist bereit, sich auf die Suche zu machen. Es ist niemals zu spät zu heilen.

Sie denkt an den Sohn und es passiert: Die Antwort auf alle ihre Fragen, die Erlösung von ihrem Leid krabbelt langsam aus der großzügig geschnittenen Küche, durch den Vorraum, vorbei an der Garderobe in den ersten von zwei

Stöcken des Elternhauses und schnell wie eine Gazelle in ihren linken Arm. Wandert umher von der Schulter in den Nacken, in den Brustkorb und sticht dort ein wenig zu. Gerade so sehr, dass sie innehält. Ein kurzer Schmerz, der linke Arm kribbelt, wird nach ein paar Sekunden taub.

Keiner bereitet einen darauf vor, was es tatsächlich heißt, eine Mutter zu sein. Im Besonderen an jenen Tagen, an denen man gar nichts sein kann, weil einem alles wehtut vom Muttersein.

Morgens beim Frühstückskaffee scheint alles wie immer. Die Rosa Steinlachner fühlt sich richtig gut. Kräftig und voller Leben. Der Sohn hat sich angekündigt und sie freut sich. Dann, als sie den Kopf nach rechts wendet, sieht sie ihn. In ihrem Türrahmen steht ein lächelnder Geist mit geschlossenen Augen. Sie blinzelt zu der Gestalt, die Äpfel jongliert, und beim nächsten Wimpernschlag kippt sie kopfvoran in das vor ihr liegende Butterbrot mit Kresse.

Ihr Herz, das hat nämlich gesagt: Du Rosa, diesen Shit geben wir uns jetzt nicht mehr. Gute Nacht und Aufwiedersehen.

Der Anruf, vor dem er sich

Der Anruf, vor dem er sich ein halbes Leben lang gefürchtet hat, ihn um schätzungsweise fünfunddreißigtausend Euro Psycho- und Traumatherapie zurückgeworfen hat, ist ungefähr folgendermaßen rekonstruierbar:

– Heimkommen musst du zu mir, hat sie gesagt.

Fünfzehn Anrufe hat es gebraucht, bis der Dohringer endlich abgehoben hat.

– Ihr habt auf mich geschissen. Gar nichts muss ich.

– Du wirst nichts erben, hörst du mich. Das Haus, das kriegt der Rathbauer, und mein Geld, das kriegt jeder, nur nicht du. Hörst du mich.

– Ich brauch kein Geld. Sicherlich schwer vorstellbar, dass irgendjemand dein Geld nicht braucht.

– Willst du auf dein Haus auch scheißen, so wie auf mich?

– Geld hab ich genug.

– Von ihm.

– Ja, genau. Von ihm. Meinem Vater. Der, der übrigens nie davongelaufen ist.

– Pah.

– Nichts pah. Du warst zu feig.

– Das waren andere Zeiten. Ich war noch ein Kind.

– Aber du hättest nachkommen können. Zwei Jahre später.

– Mit einem kleinen Kind nach Südafrika umziehen? Einfach so? Hier hab ich alles gehabt.
– Aber zu welchem Preis?
– Den Abschied, den darfst du mir nicht verwehren.
– …
– Vergebung. Jetzt musst du mir vergeben. Den Frieden mit dem lieben Herrgott hab ich nämlich schon gemacht.
– Du, du sagst mir gar nichts mehr.
– Komm zurück und verzeih mir. Du musst, – sie heult schon, die Mutter, schluchzt elend und grausam durch die Leitung.
– Mama. Genug.
– Wo bist du?
– In Johannesburg.
– Was machst du dort?
– Mutter, bitte.
– Ich werd sterben, Seppi. Bald.
– Peter.
– Du weißt, dass ich diesen Namen nicht mag.
– Das ist mir wurscht.
– Kommst du zurück?
– Ja.
– Fein, hat sie geantwortet und aufgelegt.

Der Dohringer erinnert sich an eine Kindheit, durchzogen von dampfendem, brennenden Urin. An eine Kindheit, in der er Steinlachner Seppi geheißen hat, bis er sich dazu entschlossen hat, der Peter Dohringer zu werden und zu Jackson nach Südafrika zu gehen.

Die Liesl, heute Nacht

Die Liesl, heute Nacht entbunden von allen *Vladorama*-Pflichten, hat sich kurzerhand den Dohringer geschnappt und ihn aus seiner Allein-Trinkerei im *Grausamen Weib* – das übrigens vom Verpächter nach der Liesl benannt wurde – am letzten Abend erlöst.

– Wenn wir trinken, hat sie gesagt.

– Dann gemeinsam, hat der Dohringer geantwortet.

Sie spazieren durch das kaum frequentierte Krimmwing. Es sind die lauen Sommernächte, in denen alles greifbarer scheint als sonst. Vielleicht ist es der Geruch der Wiesen, der Bäume, der warmen Luft, die weiß Gott woher zieht.

– So friedlich, eigentlich, sagt sie.

– Ein schöner Ort. Wenn man keine Vorbelastungen hat.

– Dann ist jeder Ort schön, nicht wahr?

– Du wirst mir sehr fehlen.

– Wenn wir nicht loslassen, dann gibt es nichts, das wir später zu erzählen haben. Wir finden uns wieder, Peter.

– Sicher?
– Ganz bestimmt.
– Wie hast du das ausgehalten?
– Was glaubst?
– Liebe.
– Genau, antwortet die Liesl, tiefe Verbundenheit bis in den Tod und darüber hinaus. Schau, das *Vladorama*. Da brennt noch Licht. Gehen wir hin? Der Dohringer nickt, warum nicht.
– Dein Kind, wann kommt das?, fragt er sie, beim Tanzcafé angekommen.
– Wenn es so weit ist. Das hab ich ihr versprochen: Du machst alles in deinem Tempo.
– In deinem Alter wär ich gern schon so weit gewesen, also im Kopf.
– Du hast mich nie gefragt, wer der Vater ist, sagt die Liesl, während beide in die hell erleuchteten Fenster spähen und den Vlado mal hier, mal da vorbeihuschen sehen.
– Ist das wichtig?

Die Liesl überlegt einen Moment und drückt die Hand vom Dohringer.

– Eigentlich nicht, antwortet sie.

Sie sehen Vlado dabei zu, wie er durch sein Lokal tanzt. Das macht er am liebsten, kann nicht still sitzen. Zum Schlafen sind sie ihm zu schade, die Nächte.

– Der ist irgendwie verbunden mit anderen Welten, sagt die Liesl.

Der Dohringer beneidet ihn. Nächte haben für ihn Grauen bedeutet. Jede einzelne, bei der Kindheit angefangen bis zum heutigen Tag. Die Nachtangst hat ihm die Mutter vererbt. Seit vierzig Jahren ist für den Peter Dohringer immer Nacht. Ein rastloses Herz, mittelschwere Panikattacken. Jedes Laken unter seinem Körper eingenässt. Sein gesamter Lebenslauf von gelber Flüssigkeit durchzogen. Manchmal denkt er: Ich will zu meiner Mami. Jemanden haben, der einem sagt, dass alles gut wird. Einen Zustand finden, der nach Zuhause riecht, wenn man ihn umarmt.

Die Jahre vor dem Auszug aus seinem Kinderzimmer sind von einer grausamen Stille geprägt gewesen. Die regelmäßigen Schläge auf den Po, wenn die Windel voll war, haben ihn gelehrt: Nichts, das aus dir rauskommt, ist es wert, gesehen zu werden.

Dreiundvierzig Jahre alt, seine Beine fest mit der Erde verwurzelt. Aber wenn er auf die Toilette geht – gehen muss –, dann sieht man einen erwachsenen Mann, der um sein Leben kämpft.

Während Vlado mit dem Rücken zu ihnen auf das Bild seines Vaters schaut, kann der Dohringer erkennen, dass er diese Sache mit dem Schnurrbart und der Nasenspitze macht. Er fragt:

– Was bedeutet das?

– Ich glaub, antwortet die Liesl, das heißt: Ich liebe dich.

Sie sehen ihm noch eine Weile zu und die Liesl sagt:

– Das fühlt sich an, wie beim Sex zuschauen.

– Gehen wir, sagt der Dohringer und die Liesl nickt.

Einen Moment lang verharrt er noch vor dem Fenster. Beobachtet, wie sich Vlado mit fließenden Bewegungen, losgelöst von allem Weltlichen, um die Pole-Stange dreht und schwingt, und es ist das Schönste, das der Dohringer seit langer Zeit gesehen hat.

Die Eltern vom Davongelaufenen – so wird man den Kindesvater fortan im Dorf nennen –, zu denen möchte sie keinen Kontakt. In einem Ort wie Krimmwing hält man an Tradition und Ordnung fest, die Unruhe bringt zu viel durcheinander.

Man hat dem Jackson angeboten, in Krimmwing zu bleiben und eine Anstellung im Sinne von Hilfstätigkeiten in einem der kleineren Betriebe annehmen zu können. Vorausgesetzt: Er heiratet die Rosa und bleibt. Als letzte Lösung hätte man sich nur mehr vorstellen können, dass er sich zu den Ägyptern auf den Marktplatz stellt und die Kronenzeitung verkauft.

Irgendwann abends

Irgendwann abends geht ein Anruf beim Grünberger Bernd ein, der Anrufer habe dringliches mit ihm zu besprechen. Während des Gesprächs befindet er sich auf den Knien in seinem Garten. Gräbt, gräbt, gräbt nach diesem und jenem. Der Grünberger Bernd arbeitet bei der Krimmwinger Weitblick-Versicherung, was sich sehr gut trifft, denn den Anrufer, eigentlich eine Anrufer-Gemeinschaft mit einem auserkorenen Sprecher, dürstet es nach diversem.

Ein Haus auf Sardinien

Ein Haus auf Sardinien für den Lebensabend, das wäre fein.

Vor fünf Jahren war die Liesl in seinem Garten und hat sich an ihrem Geburtstag drei rote Rosen aussuchen dürfen, die er ihr eigenhändig abgeschnitten und überreicht hat. Der Rest dieser Erinnerung ist irgendwo im Krimmwinger Nebel verschwunden. Geendet hat es so:

– Wenn du mich noch ein einziges Mal angreifst, Rathbauer, dann schneid ich ihn dir ab und häng ihn über dem Eingang vom *Vladorama* auf.

Danach ist die Liesl mit wutentbranntem Gesicht davongegangen. Samt den Rosen.

Zwei Wochen lang hat sich der Rathbauer gefürchtet, dass ihn jemand abholen kommt wegen dieses Missverständnisses in seinem Garten. Dabei wollte er doch nur, er wollte.

Ein milder Hitzeschlag an jenem Nachmittag.

Ein letztes Mal

Ein letztes Mal noch möchte die Liesl mit ihrem Ehemann zu Abend essen, bevor sie geht. Weg von Krimmwing und dem Flüstern, das das Blut und die Seelen von Generationen vergiftet hat.

Im Landhaus vom Wastinger und der Liesl ist immer Weihnachten, selbst im Sommer und zu Ostern. Der Bürgermeister war entzückt von allem, das nur annähernd mit *the most wonderful time of the year* zu tun hatte.

Jeder Raum im Haus, selbst die Sanitäranlagen, waren Orte der Freude und des Zaubers der kindlichen Weihnacht. Der Wastinger wollte so sehr nichts mehr mit dem Mannseinmüssen zu tun haben, hat sich geekelt vor allen Ritualen des Mannzeigenmüssens im Dorf, dass zuallererst seine Libido den Dienst versagt hat, und zwar unwiderruflich.

– Ich glaub, ich möchte ihn nicht mehr benutzen, hat er gesagt und ein Donnerwetter von seiner Frau erwartet.
– Okay.
– Wird uns das brechen?
– Nichts wird uns brechen, hat die Liesl geantwortet.

Sie waren bei einem Psychotherapeuten in Wien, der gesagt hat, dass die Liesl ihn vermutlich bedrängt habe und wie es eigentlich um die Beziehung zu seiner Mutter bestellt sei. Der Wastinger hat gesagt:
– Meine Mutter war eine wundervolle Frau.

Der Psychotherapeut hat gefragt:
– Fordert sie zu viel, die Ehefrau?

Der Wastinger hat sich die Therapiestunde von den Hosenbeinen abgeklopft und gesagt:
– Die Liesl ist mein liebstes Katzerl.

Der Psychotherapeut hat geantwortet:
– Lassen Sie uns die Dinge bearbeiten, die blind machen.
– Was mir wehtut, ist nicht die Ehefrau, sondern die Menschen.

Der Psychotherapeut ist ganz still geworden und hat dem Wastinger eine gute Heilung gewünscht.

Eines Abends hat er sie gefragt:
– Hast du diese Bedürfnisse?
– Manchmal, antwortet sie, manchmal.
– Wir können Wege finden.

– Ich weiß. Aber das ist nicht wichtig.

– Ich will nicht mehr nach draußen, sagt er und küsst ihr jeden Finger. Die Hände von der Liesl berühren den Wastinger überall, als hätte sie fünfundzwanzig Hände, mindestens. Die Handflächen seiner Frau, die geben ihm Hoffnung.

Sie weiß, was ihn zum Auftauen bringt. Fingerspitzen zum Beispiel, die vor und zurück über seinen Bauch streichen, weiche Innenschenkel, die es sich über seinem Gesicht bequem machen, die ausladenden Rundungen ihres Hinterns und ihrer Brüste ganz nah vor seinen Augen, die von einer dichten Trübheit durchzogen sind.

Der Fridolin, ihr Seestern, weil er sich der Gesellschaft eisern verweigert hat, der beste aller Gefährten. Mit Leib und Leben hat er sie beschützt. Und nachdem er letztes Jahr am Heiligabend mit entsetztem Gesichtsausdruck und einer Hand auf der linken Brust plötzlich umgefallen ist und dabei sämtliche Dekoration samt Festessen vom Tisch mitgerissen hat, war der Gedanke von der Liesl folgender: Bevor sie ihn mir nehmen, mitnehmen, aufschneiden, wieder zunähen und ihn hinablassen in die Erde. Bevor er zu etwas anderem wird, bleibt er bei mir.

Sie hat es ihnen übelgenommen, dass sie nicht mehr Jahre mit dem Wastinger hat haben können. Ein Mord, der ist geplant. Nicht zwingend mit einer durch und durch konsequent-gedanklichen Architektur, aber immerhin mit einem vorhergehenden Bedürfnis. Es spielt keine Rolle, wie leise einem ein Bedürfnis in das Blut hineinflüstert, die Anwesenheit ist nicht zu leugnen. Arbeitet sich vor, bis aus dem Flüstern ein Brüllen wird und die Heugabeln gespickt mit aufgestauter Wut zu brennen beginnen.

Der Wastinger liegt in seiner Tiefkühltruhe, umgeben von dem besten, was in den Neunzigern in Österreich an Eisleckereien jemals verfügbar gewesen ist, zusätzlich garniert mit acht Krimmwinger Äpfeln. Einen für jeden Monat seitdem der Wastinger bereits tot ist. Die Liesl hat sich in den letzten Wochen an dem Arrangement in der Truhe erfreut. Dem Frido hätte es gefallen.

Sie stört sich weder am Anblick noch an der Kälte vom Wastinger. Eine gute Ehe, die hält einiges aus und noch viel mehr.

Dann nähern wir uns jetzt dem Ende

Dann nähern wir uns jetzt dem Ende, denkt der Dohringer.

Im Prinzip hat er es bereits gespürt, als er nach Krimmwing zurückgekommen ist. Dem

Heimkehrer sollten die Taschen entweder mit Ruhm oder Scham, Rechtfertigungen und Katharsis gefüllt worden sein, denn ohne zumindest eines dieser Dinge könnten sich weitreichende Konsequenzen für den Zurückgekehrten entfesseln.

– Dass sich nichts verändert hat, sagt der Dohringer, damit hab ich nicht gerechnet.

Er stößt mit Vlado an. Zuerst mit Bier, dann mit dem berüchtigten Zirben-Schnaps aus dem *Vladorama*. Sei es drum, wenn sich der Dohringer heute Abend gehen lässt, dann in Freiheit und Liebe. Wenn wir trinken,

– dann nur gemeinsam, sagt er.

Vlado springt auf, hastet zur Jukebox und spielt dem Dohringer alle Lieder, rutscht bei dem Versuch, sich verständlich zu machen, auf dem frisch gereinigten Boden beinahe aus, hin- und hergerissen zwischen dem Singen, dem Tanzen und dem Guten, das es da draußen noch gibt, auffindbar, wenn man diszipliniert an seinen Fährtenleserfähigkeiten gefeilt hat.

Im Kreis hüpfend einander an den Händen haltend, für einige Minuten losgelöst von allem, was beschwert.

Der Dohringer und der Vlado singen, singen, singen und Vlado beginnt vor Freude zu klatschen. Das Bier und der Gin fließen, sie trinken abwechselnd vom Glas des anderen und schwitzen sich den Dreck des Lebens raus. Kosmologisch ist alles so, wie es sein soll. Für den Dohringer regnet es kristallinen Sternenstaub durch die Decke des Wirtshauses.

Irgendwo zwischen dem Alkohol, dem Kreishüpfen, dem ungelenken, ekstatischen Männer-Tanzen schießt es dem Dohringer ein. Nicht in die Hüfte, aber dorthin, wo seine Gefühle wohnen.

Vlado stellt sein Glas beiseite und legt dem Dohringer die Handflächen auf die Wangen.

Solange man lebt, denkt der Dohringer, solange man lebt, weiß man es nicht.

Wäre er mutiger und die

Wäre er mutiger und die Umstände anders gewesen, dann wäre der Rathbauer an seinem zwanzigsten Geburtstag – das war vor gut vierzig Jahren – auf den Krimmwinger Marktplatz gegangen, hätte sich in die Mitte vor den Brunnen gestellt und mit ausgestreckten Armen geschrien:

– Ich heiß jetzt Renza Rathbauer und geh nach Italien. Und wisst ihr, was ihr mich könnt, ihr Kreaturen? Arrivederci.

Die Mistgabeln hätten nicht lange auf sich warten lassen. Er öffnet seinen begehbaren Wandschrank, den er sich von einer Wiener Möbelfirma hat einbauen lassen, und wühlt sich durch alle möglichen Accessoires, Make-up, Kleidung, Dessous und Schuhe, die er über Jahre hinweg heimlich in sein Haus gekarrt hat. Als das Zeitalter des Versandhandels angebrochen war, hat das dem Rathbauer viele Freuden beschert. Braune Päckchen, in die niemand hineinsehen und deren Inhalt erkennen konnte.

Sie möchte wissen

Sie möchte wissen, wie das mit dem Steinlachner Sepp wirklich gewesen ist. Ohne den Bullshit, den die Leute Jahr für Jahr hinzuerfunden haben.

– Warum interessiert dich das?, fragt der Dohringer.

– Weil es ein Teil von Fridos Geschichte ist, antwortet die Liesl.

– Na ja.

– Und ein großer Teil von deiner.

– Im Prinzip.

– Ja?

– Es ist meine Geschichte. Eine elend lange, sagt der Dohringer.

– Nur ein bisschen? Meine Englischlehrerin hat mir damals beigebracht: Prettypleasewithcherriesontop.

Den Dohringer entzückt das, also gut. Es war so:

Irgendwann wollte er nicht mehr. Der kleine Schmerz ist auf einmal überall gewesen und der hat immer denselben Namen gehabt: Mutter.

Ich beende das jetzt, war die Schlußfolgerung.

Der hängende Sepp hat ein Grinsen im Gesicht gehabt, das einem den ultimativen Frieden in die Seele zaubern wollte. Die Augen geschlossen, als würde er sie zukneifen, nur um dann in einem Moment der Siegessicherheit „Buh!" zu rufen, sich sanft vom Strick zu befreien und mit einem „Hopp!" und beiden Beinen auf der Erde anzukommen und pfeifend davonzugehen.

Was man bereits zu Lebzeiten an Absonderlichkeiten in den Körper vom Steinlachner Sepp gepresst hat, hat denen, die dabei waren, und selbst jenen, die nur über drei bis sieben Ecken davon gehört hatten, nachhaltig den Appetit verdorben.

– Sie haben ihn gestopft wie eine Weihnachtsgans, hat der Dohringer der Liesl anvertraut.

– Mit was denn?, hat sie gefragt.

– Mit allem, hat er geantwortet.

Zum Beispiel: Drei große Äpfel, die ihm wie glitschige Seife aus dem Hintern geflutscht sind. Gefolgt von zwei großen, mit Nelken gespickten Orangen, dem Korken einer Weinflasche, diversen Schillingmünzen, acht Überraschungseiern samt Stanniolpapier, einem grün-gelben Jo-Jo mit einer Schnur, die man nicht mehr gefunden hat, einer Handvoll Marzipaneier und vier quadratisch-roten Legosteinen.

Jeder wollte an der Reihe sein, um Sachen in den Sepp hineinzutun. Aber nur, was man nicht mehr gebraucht hat. Dinge, denen Wert beigemessen wurde, hat man für sich behalten.

Nach und nach ist alles wieder aus ihm herausgefallen, als wäre der Hintern vom Steinlachner Sepp ein aufgerissenes Nikolaussackerl aus hellrotem Krepp gewesen.

– So ein Blödsinn, sagt die Liesl.

– Wenn ich's dir sage, antwortet der Dohringer.

– Schwörst du?

– Auf wen?

– Deine Leben?

– Das ist ernst.

– Genau.

– Ich schwöre bei meinem Leben, dass ich aus erster Hand weiß, dass man den Steinlachner Sepp so schwer misshandelt hat, dass er sich an dem Apfelbaum vom Krimmwinger Kirschkernhügel aufgehängt hat. Wunden, die niemand jemals gesehen hat. Die hat nur der Seppi selbst gesehen.

– Und dann?, fragt die Liesl.

– Hat ihn jemand runtergeholt.

– Wer?

– Ob das eine Rettung war, ist Ansichtssache. Aber man kann es so nennen.
– Also, wer war es?
– Ein guter Freund. Einer, von dem der Sepp nicht gewusst hat, dass er ein Freund ist. Einer der besten.
– Mein Fridolin?, fragt sie.
– Eben nicht, antwortet der Dohringer.
– Mir wird der Kopf wehtun, sagt die Liesl zum Dohringer, mir tut der Kopf jetzt schon ganz arg weh, wenn du nicht mehr da bist.
– Krimmwing ist mein Zuhause gewesen.
– Als du weggegangen bist, war ich noch ein kleines Mädchen. Man hat viel über dich geredet. Unschöne Dinge.
– Ich weiß. Wer ist eigentlich der Vater von deinem Kind?, fragt er.
– Der Fridolin. Wer denn sonst?
– Ich hab geglaubt, der ist unfruchtbar. Weil die Leute gesagt haben
– Siehst. Das ist das Problem mit den Leuten. Für all die Kämpfe, die da auszutragen wären, ist mir meine Lebenszeit zu schade.
– Bringen wir es hinter uns, sagt der Dohringer.
– Okay, antwortet die Liesl, okay.

Dann, nach einem Augenblick des Sich-Ansehens, des Sich-Erkennens und Erkannt-Habens, gehen sie Hand in Hand wie ein Geschwisterpärchen zur kleinen Kirche.

Mit dreiundzwanzig ist der Dohringer

Mit dreiundzwanzig ist der Dohringer, damals noch mit seinem zweiten Vornamen Josef und dem Namen der Mutter, Steinlachner, aus Krimmwing davongejagt worden, das war in den Neunzigern. Weil er anders war, wegen seiner dunklen Haut, weil er den gleichaltrigen Neffen vom Rathbauer verführt hat mit diesem grässlichen Männer-Sex, weil er nicht Bauarbeiter, Tischler oder Mechaniker werden wollte, weil er Abitur machen und nach Südafrika gehen wollte, weil die Rosa ihn gebraucht hätte, weil sie ihr Kind mit einem Partner verwechselt hat. Man kann sich einen Grund aussuchen oder je nach vorhandenen Mentalkapazitäten beliebig neue hinzuerfinden.

Nachdem das Weitblick-Versicherungen-Anruf-Kollektiv beide Benzinkanister im Wirtshaus entleert hat, trifft sein Blick die in die Jahre gekommene Jukebox. Der Rathbauer trinkt hastig den Rest Gin aus der Flasche, die einsam auf der Schank steht, und wirft sie gegen die Wand. Er öffnet seine Hose, lässt sie herunter bis zu den Knien und stützt sich mit der linken Hand auf der Jukebox ab. Und dann. Dann gibt es sich der Rathbauer lange und ausgiebig, stellt sich die Liesl vor mit ihrem ganzen einzigartigen Zauber. Beim zweiten Mal kommt er mit einem tief aus der Seele stammenden, lauten Stöhnen direkt auf die Jukebox und wischt das restliche Sperma in seiner Hand auf das Musikgerät.

Ein-, zweimal tief Luft

Ein-, zweimal tief Luft holen. Dann betritt sie die Kirche. Die Zeit an der katholischen Volksschule von Krimmwing hat ihr Bestes getan, um der Liesl für immer und ewiglich alles auszutreiben, was nur im Ansatz mit Gebetshäusern und sektenähnlichen Strukturen zu tun hat. Mit dem Glauben an etwas hat sie kein Problem. Es ist die ewige Verdammnis, die ihr Sorgen bereitet, seit sie ein kleines Mädchen war. Konfrontiert mit diesem und jenem. Die männlichen und weiblichen Gestalten in dunklen Gewändern. Die Liesl riecht in kirchlichen Räumlichkeiten immer den Tod, und es geht so weit, dass sie die Straßenseite wechselt, wenn ihre Wege zufällig an einer Kirche vorbeiführen.

– Geht es Ihnen nicht gut, fragt der Geistliche, der die Trauerrede halten wird.
– Mir geht es sehr gut, antwortet die Liesl.
– Lassen Sie es ruhig zu, Kind. Im Haus des Herrn müssen Sie nicht stark sein, antwortet der Pfarrer und berührt sie kurz am Oberarm.

– Und wenn, fährt er fort, wenn ich Sie bitten dürfte, Ihr Gepäck rechts neben dem Eingang abzulegen.
– Ich mache eine Reise. Nach der Trauerfeier.
– In Ihrem Zustand, liebe Tochter. Finden Sie das ratsam. Sie tragen das
– Das Geschenk Gottes trage ich sicher nicht in meinem Bauch. Das ist meine Tochter und die ist von meinem Ehemann unter ekstatischer Mithilfe dort reingebracht worden.
– Ich darf Sie bitten, Ihre Stimme zu senken, um die anderen Anwesenden nicht in ihrer Trauer zu stören.

In diesem Moment kommt der Dohringer auf die beiden zu und löst die Liesl ab.
– Ach, wie schön. Der Sohn.

Während er sich mit dem Pfarrer unterhält, wittert sie ihre Chance und lässt ihre Tasche neben einer der Sitzbänke stehen. Die Liesl geht geradewegs auf den offenen Sarg zu. Zählt die Schritte, eins, zwei, drei, vier, fünf, sechs, sieben, acht, neun, zehn, elf bis nach vorne und bleibt stehen. Hinter ihr sanftes Gemurmel. Der Tod war gnädig, hat ihr die garstigen Falten und den ewig zermürbten Ausdruck aus dem Gesicht gebügelt.
– Was, setzt der Pfarrer an und unterbricht sich selbst während eines langen Monologes über die Rosa Steinlachner, die sich damals auf-

opfernd und ganz alleine um ihren Sohn kümmern musste, nachdem dieser Jackson sie einfach sitzen gelassen hat.

– Frau Wastinger, flüstert der Pfarrer, Frau

Und dann:

– Um Gotteswillen, um Gotteswillen, um Gotteswillen.

Soll er wegschauen oder nicht, sein ganzes System in Schockstarre. Der Sarg beginnt zu wippen, zu kippen und mit einem gewaltigen, nachhallenden Krach liegen die Liesl und die Rosa auf dem kalten Kirchenboden.

Und ihr Fruchtwasser, das sie und die Verstorbene benässt hat, zusammen mit dem ungehemmten, lauten Lachen von der Elisabeth Wastinger werden als nicht wiedergutzumachendes Sakrileg in die Krimmwinger Geschichte eingehen.

Oft bleibt kaum mehr

Oft bleibt kaum mehr, als sich von seinen Mitmenschen im Laufe eines Lebens alles Mögliche erzählen zu lassen und davon wiederum das meiste zur nächsten Müllhalde zu bringen.

Manchmal, da reicht es zu tun, was der Peter Dohringer tut:

Sein inneres Kind behutsam vom Apfelbaum des Krimmwinger Kirschkernhügels runterzuschneiden, es sanft in den Armen zu wiegen und weiterzuziehen.

Damals hat er beschlossen: Ich nehm den Namen von der Fanny-Oma: Dohringer. Und den Vornamen, den mein Vater für mich wollte: Peter. Mit Krimmwing will ich nichts mehr zu tun haben.

Hätte man nur gewusst, flüstern die dialektdurchzogenen Stimmen Jahre später noch, was man hätte tun können, um dem Dohringer zu helfen, ihm die Last von den Schultern zu nehmen. So gern hätte man geholfen, sich solidarisch gezeigt. Das Essen im Wirtshaus, keiner weiß im Grunde, ob das schmackhaft war oder nicht, schließlich sind die Zeiten schlecht, sehr sogar, und da kocht man lieber am Herd anstatt Essen zu gehen, und was die Sparvereinsrunden angeht, die treffen sich mit den sperrigen, roten Bierkisten zu Hause beim Ferdl im Garten oder in der umgebauten Garage vom Waldmann Fritz.

Der, über den derart intensiv seit Monaten geflüstert wurde, bemerkt, wie der nicht mehr hängende Sepp auf seiner Schulter immer leichter wird, je weiter sich der Dohringer vom Dorf entfernt. Hätte man nur gewusst ob der Probleme vom Dohringer, dann hätte man alles darangesetzt, ihm zu helfen.

Der Dohringer betrachtet das *Grausame Weib* aus der Ferne, die leckenden Flammen, die gierig verschlingen, was sie zu fassen kriegen.

In den letzten acht Monaten seit der Übernahme des Wirtshauses hat er nur zwei Gäste aus dem Dorf begrüßen dürfen. Die Liesl mit ihrem immer größer werdenden Bauch und dem täglichen, unstillbaren Verlangen nach einem großen Glas Apfelsaft mit Leitungswasser und zweieinhalb Eiswürfeln. Und Vlado, seinen liebsten, besten Vertrauten.

Und nun, da es brennt, zieht es zum ersten Mal das ganze Dorf zum *Grausamen Weib*.

Der Dohringer gibt dem Sepp, der die Augen geschlossen hat, einen Kuss auf die Wange.

Dann lässt er seinen Rucksack, der bis zum Bersten gefüllt ist mit unzähligen Masken aller Formen und Arten, am Wegesrand von Krimmwing in den Dreck fallen.

Die Schritte vom Peter Dohringer werden leichter, federnder in seinen Birkenstocks, während er zu einem Takt pfeift, den nur er kennt.

Nachdem er einige Meter gegangen ist, hört er Rufe hinter seinem Rücken, gesungene eigentlich oder etwas, das sich ungefähr so anhört. Vlado läuft, keucht und als er den Dohringer erreicht hat, legt er ihm sanft die rechte Handfläche auf die Brust.

Beim Vlado sind die Gefühle dort, wo der Sternenstaub wohnt. Eine Rarität wie kristalliner Sternenstaub muss stets zärtlich dosiert und abgewogen werden. Er streicht dreimal über seinen Schnauzbart und tippt sich zweimal auf die Nasenspitze.

Und zum ersten Mal seit seiner Rückkehr nach Krimmwing kriegt der Steinlachner Sepp heiße Wangen.

Der Rathbauer schließt

Der Rathbauer schließt den schweren Deckel der Tiefkühltruhe und setzt sich darauf.

Das ist also die Geschichte, die man sich Jahr für Jahr für Jahr für immer in Krimmwing über den Rathbauer und seine Missetaten erzählen wird. Woher das mit der Jukebox und dem Ejakulat gekommen ist, ist bis heute nicht nachvollziehbar. Oder das mit dem Benzinkanister und dem niedergebrannten Wirtshaus, das noch immer steht. Der Rathbauer weiß nichts von all den unzähligen Dingen, die ihm zugeschrieben werden. Angefangen bei der Feindschaft mit dem Dohringer und dem Neffen, den er gar nicht hat. Der unsterblichen Liebe zur Liesl. Und, und, und.

Aber nachdem herausgekommen ist, wie der Lorenz Karl Ignatius Rathbauer wirklich tickt, was er in seinem Haus treibt, wenn niemand zuschaut, dann war allen plötzlich klar, dass er das eigentliche Problem in Krimmwing ist. Wahrscheinlich auch schuld daran, dass der Jackson damals die Steinlachner Rosa – Gott hab sie selig – verlassen hat.

Unter all den Lügen allerdings, ist eine einzige Wahrheit begraben:

Seit fünfundzwanzig Jahren lebt der El-Kah-Ih sehr zurückgezogen, hat keiner Stammtischrunde beigewohnt, aber grüßt immer freundlich, wenn er einem von den Männern oder deren Frauen am Wochenmarkt begegnet. Hat dem Vlado Bogdanovic die antike Jukebox auf Ebay ersteigert und zum fünfzigsten Geburtstag geschenkt. Ihm ausgeholfen, als das Finanzamt Geld retour wollte. War bei jedem Familienfest der Familie Bogdanovic ein gern gesehener Gast.

Im *Vladorama* hat nie ein unterirdischer Stripclub existiert und die Liesl hat dort nur gelegentlich zum Spaß gekellnert, bis sie bereit war, den Wastinger loszulassen und ihre Weltreise zu starten. Wegen ihrer drei Brüste waren die anderen Ehefrauen im Dorf derart eifersüchtig, dass sie begonnen haben, alles Mögliche und Unmögliche über die Liesl zu erzählen. Nachdem die Liesl nicht genug war, hat man den Rathbauer drangenommen, der sich ohnehin die meiste Zeit aus allem rausgehalten hat, was in Krimmwing passiert ist.

Das ist die Wahrheit. Aber die interessiert niemanden, weil sie nichts hergibt.

Jetzt, da die Liesl, der Dohringer und sogar Vlado weg sind, ist der Rathbauer der Einzige, der um das Schicksal vom Wastinger weiß.

– Mein lieber Freund, sagt er.

Ohne ihn hätte der Rathbauer seinem Leben bereits vor langer Zeit ein Ende gesetzt. Nicht so wie der Dohringer damals, aber ähnlich. Aber das ist eine andere Geschichte, die mal war oder auch nicht.

Die Erkenntnis, nicht mehr mit der Rosa schlafen zu müssen, damit sie sein Geheimnis nicht verrät, reinigt ihm über Nacht den Körper. Der Bluthochdruck ist zusammen mit dem Krimmwinger Nebel über Nacht verschwunden, ebenso die Gürtelrose. Einen Brechanfall nach dem anderen erduldend ist der Rathbauer über der Kloschüssel gehangen und hat sich die Rosa aus der Seele gebrochen. Und um drei Uhr morgens, da war er frei.

Sie sieht Strand vor sich

Sie sieht Strand vor sich, die besten Espressi der Welt, Antipasti und Wein. In einem ärmellosen

Shirt, das ihre Tattoos freilegt, einen leichten Pareo um die Hüften gebunden. Die verlorene Zeit, daran lässt sich nichts mehr ändern. Aber.

Renza bringt den beleuchteten Kosmetikspiegel, eine auf Ebay ersteigerte Kostbarkeit aus dem Privatbesitz von Claudia Cardinale, in den richtigen Winkel und vielleicht, denkt sie, schürzt die Lippen und trägt mit routinierter Präzision einen bordeauxroten Pure Color Envy von Estée Lauder auf, sind die feinsten Dinge des Lebens die, die man mit sich selbst ausmacht. Egal, wie laut die Stimmen da draußen toben, sich hartnäckig einen Weg in den Kopf bahnen wollen, um dort herumzustampfen und mit Dreck zu werfen.

Mit einem vom Dreck der Anderen verklebten Kopf weiß man nicht mehr, wer man eigentlich ist.

Sechzehn Stunden später

Sechzehn Stunden später hört Renza Rathbauer das Meer rauschen. Im Prinzip hat sie immer gewusst, dass Olbia ihr Zuhause ist. Obwohl sie noch nie auf Sardinien war. Oft wird einem erst klar, wo zu Hause ist, sobald man angekommen ist. Und manchmal, da dauert der Weg dorthin eben fast fünfundsechzig Jahre.

Eine kühle Flasche Ichnusa in der einen Hand und die ganze Welt in der anderen. Sie denkt an den Dohringer, hofft, dass er glücklich ist, erinnert sich an den Tag, an dem sie ihn vom Apfelbaum auf dem Krimmwinger Kirschkernhügel gerade noch rechtzeitig heruntergeschnitten hat.

Niemand ist auf die Idee gekommen, den Steinlachner Sepp von seinem hängenden Schicksal zu befreien. Obwohl einige vorbeispaziert sind, ein Kind sogar

– Mamamamamimuttischaumal!, gesagt und auf den kämpfenden Körper gezeigt hat.

Wie ein Marathonsprinter ist der Rathbauer angelaufen gekommen, weil sein Bauchgefühl, wie bei allen misshandelten Kindern, präziser funktioniert als jedes Messgerät.

– Dummer Bub. Du bist ein richtig dummer Bub, murmelt der Rathbauer, hält seine Fußsohlen, drückt sie mit aller Kraft samt den Beinen nach oben.

Die Atmung vom Rathbauer bringt selten etwas aus dem Takt. Aber das Röcheln vom jungen Steinlachner Sepp wird er nie wieder vergessen.

– Wir eröffnen heute noch ein Konto bei der Bank, ich überweis dir eine Summe. Danach gehen wir ins Reisebüro und kaufen ein Ticket nach Johannesburg. Wir rufen den Jackson an. Gemeinsam.

– Okay.

– Und du versprichst mir etwas.
– Okay.
– Sag es.
– Was soll ich versprechen?
– Dass du nicht mehr zurückkommst. Egal, was passiert. Und unabhängig davon, was sie von dir will.
– Das verspreche ich. Ich mag nicht mehr der Steinlachner Sepp sein, sagt er.
– Dann sei, wer du sein willst.
– Peter find ich gut.
– Und ein Peter steht dir gut. Seppi?
– Ja?
– Ich seh dich, sagt der Rathbauer.

Der Steinlachner Sepp fällt ihm um den Hals und drückt ihn an sich, als würde sein Leben davon abhängen.

– Ich weiß, rotzt der Seppi in das Hemd vom Rathbauer, ich weiß.

Alles könnte ich erzählen

Alles könnte ich erzählen. Über Krimmwing und die Menschen. Die Schmerzen, die sie einem zufügen. Dass es keinen Unterschied macht, wie sehr man sich bemüht.

Irgendwann, da findet man sich wieder. Beim Psychiater vielleicht, der einem beipflichtet, dass es kühl geworden sei, da draußen. Eine erkrankte Gesellschaft, die in ihrer fieberdurchtränkten Hilflosigkeit dorthin tritt, wo sie es am wenigsten spürt.

Wenn ich also alles erzählen könnte. Über Krimmwing und die Menschen. Die Schmerzen, die sie einem zufügen und dass es keinen Unterschied macht, wie sehr ich mich bemühe. Dieses oder jenes für sie getan habe, damit sie in der Geschichte besser dastehen. Wenn ich alles erzählen könnte, würde ich mich für die Geschichte vom hängenden Sepp entscheiden.

Am Ende eines jeden Tages nämlich, wenn in Krimmwing die Lichter ermüden, die Menschen zur Ruhe kommen und die Traktoren verstummen, wird sich keiner mehr daran erinnern, was damals mit dem Steinlachner Sepp gewesen ist. Man hätte gerne geholfen, hätte man von irgendetwas gewusst. Von dem Jungen zum Beispiel, der gegangen ist, um gesund zu werden.

Der zuerst sterben musste, um den Mut zu haben, einem ganzen Dorf zu sagen:

I am sorry. But I cannot take this shit anymore.

Die Autorin dankt:

Dem **Land Salzburg** für die Förderung dieses Romans mit zwei Arbeitsstipendien. Ebenso dem **Verein BUCH13** für das **Literatur:im:Süden** Stipendium.

Dem Lyriker und Schriftsteller **Gerald Eschenauer** samt der Stadt Villach zudem recht herzlich für die wundervolle Gastfreundschaft.

Der **Stadt Dortmund**, dem **Kulturbüro**, dem **Literaturhaus Dortmund** sowie der **VHS Dortmund** für Zeit, Ruhe und Unterstützung, diesem Text während meines Dortmunder Stadtbeschreiberinnen-Stipendiums Leben einzuhauchen.

Einzelne Elemente dieses Romans sind bereits in der Literaturzeitschrift **LICHTUNGEN** (163/2020) unter dem Titel „Bauchschmerzen“ erschienen.

Zitatnachweise S. 5

Carmen Maria Machado, Das Archiv der Träume, aus dem Englischen von Anna-Nina Kroll © 2021Tropen – J.G. Cotta'sche Buchhandlung Nachfolger GmbH, gegr. 1659, Stuttgart

Andreas Moster, Kleine Paläste © Arche Verlag AG, Zürich 2021